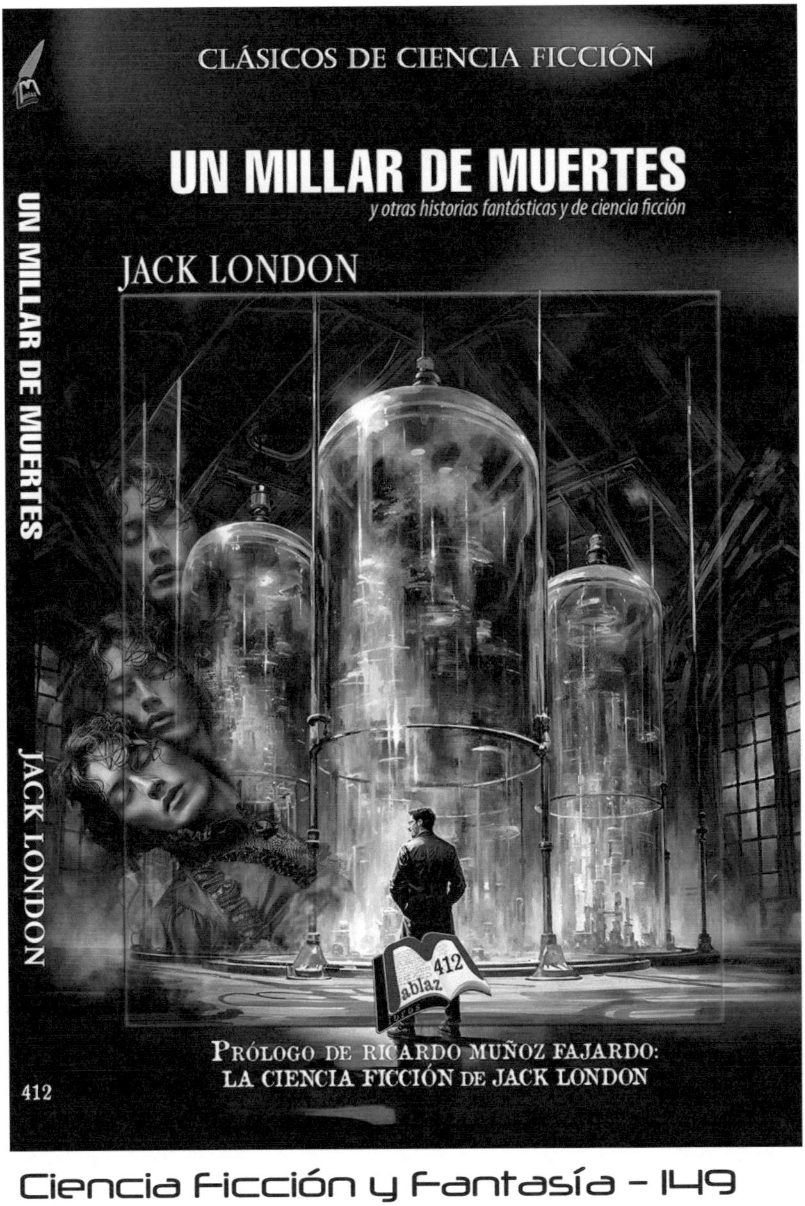

Ciencia Ficción y Fantasía - 149

Un millar de muertes y otras historias fantásticas y de ciencia ficción
Primera Edición, agosto de 2025

© De esta edición, Libros Mablaz, Madrid, 2025
www.librosmablaz.com

blogs:
Editorial Libros Mablaz
https://www.facebook.com/groups/530547690292189/
Librería en Todocolección:
**https://www.todocoleccion.net/s/catalogo?identificad
orvendedor=LibrosMablaz**

Diseño de cubiertas: Mari Carmen López

ISBN: 979-13-990941-0-7
Depósito Legal: M-19324-2025

LIBROS MABLAZ - 412

Un millar de muertes

y otras historias fantásticas y de ciencia ficción

Jack London

PRÓLOGO: LA CIENCIA FICCIÓN DE JACK LONDON

Jack London era un escritor de su tiempo (finales del siglo y principios del XX) en el sentido de que en esa época surgieron autores que no buscaban tan solo realizar una obra para la eternidad, sino de entrenamiento, en las que abundaban las tramas aventureras, fantásticas, de terror, y de lo que ahora conocemos como ciencia ficción.

London, como buen estadounidense, conocía a la perfección los referentes de ese tipo de literatura de su país, los universalmente conocidos Edgar Alan Poe y H. P. Lovecraft; su carácter aventurero le hizo saber de otros autores europeos del mismo talante, como fueron Julio Verne y H. G. Wells, por lo que creó una obra en que se hicieron muy famosas sus novelas de aventuras, entre las que intercaló, entre continuas acusaciones de plagio, novelas en las que mezclaba la fantasía y ciencia ficción.

Manuel Rodríguez Yagüe, en su publicación en la web cualia.es, en la que no se indica fecha, afirma que cuatro de sus veintidós novelas publicadas y trece de sus ciento y ocho relatos son de lo que en ese tiempo se llamaba ficción especulativa. Nosotros hemos localizado 15.

En este prólogo, haremos una breve sinopsis de las cinco ficciones cortas que contiene esta obra. De los demás, incluidas las novelas, serán mencionados con su año de publicación.

El primer relato de este género escrito por London, que por eso da el nombre principal a este libro, fue *Un millar de muertes* (1899), portador de una angustiosa trama en que un científico utiliza a su propio hijo en sus experimentos, al que mata y revive según su propia conveniencia.

El rejuvenecimiento del mayor Rathbone (1899 también), trata de un elixir de la vida, no siempre bien usado, con el que el protagonista pretende resucitar a su amor.

El tercer relato que se puede encontrar en esta obra es *Una reliquia del Plioceno* (1901), que mezcla un argumento de una típica novela de aventuras con el de la supervivencia de un animal del pasado en el tiempo actual, con el que el protagonista del cuento se relaciona.

La sombra y el destello (1903), el opúsculo que viene después, narra el enfrentamiento de dos hermanos en la búsqueda de la fórmula para la obtención del don de la invisibilidad, rivalidad que puede conducirles incluso a matarse entre ellos si fuera necesario.

El último relato incluido en este volumen es *El enemigo del mundo entero* (1908), de una trama interesantísima, porque London intenta explicar las circunstancias vitales que llevan a un malvado a serlo y que, una vez convertido en tal, quiere vengarse de toda la humanidad, a la que echa la culpa de su mala vida.

Las demás ficciones breves de London dentro de este género, diez, son los siguientes:

¡Quién cree en fantasmas! (1895); *Hasta que la muerte nos separe* (1900); *Un fragmento curioso* (1908); *El sueño de Debs (La huelga general)* (1909); *Goliat* (1910); *Cuando el mundo era joven* (1910); *El poder de los fuertes* (1911); *Guerra* (1911); *El vagabundo de las estrellas* (1914); *El Rojo* (1918)

Las cuatro novelas de ciencia ficción de London son tardías, posteriores a sus primeros relatos casi en una decena de años.

La primera fue *Antes de Adán* (1907). La siguieron *El talón de hierro* (1908), *La invasión sin paralelo* (1910) y *La plaga escarlata* (1912);

Un millar de muertes

(1899)

Había estado en el agua aproximadamente una hora, y el frío y el cansancio, aunados al terrible calambre en el muslo derecho, me hacían pensar que había llegado mi fin. Luchando vanamente contra la poderosa marea descendente, había contemplado la enloquecedora procesión de las luces costeras, pero ya había dejado de luchar con la corriente y me contentaba con los amargos recuerdos de mi vida malgastada, ahora cercana a su fin.

Había tenido la suerte de descender de un buen linaje inglés, pero de padres cuya fortuna en las bancas excedía en mucho sus conocimientos de la naturaleza y educación de los hijos. Aunque nacido con una cuchara de plata en la boca, la bendita atmósfera del círculo hogareño

13

me era desconocida. Mi padre, un hombre culto y reputado anticuario, no dedicaba su atención a la familia, sino que estaba constantemente perdido en medio de las abstracciones de su estudio mientras que mi madre, más famosa por su belleza que por su buen sentido, se sentía satisfecha con las adulaciones de la sociedad en la que parecía permanentemente sumergida. Pasé la habitual rutina de la enseñanza primaria y media como cualquier otro muchacho de la burguesía inglesa y, a medida que los años incrementaban mi fuerza y mis pasiones, mis padres se dieron cuenta, de pronto, de que yo poseía un alma inmortal, y trataron de poner riendas a mis ímpetus. Pero era demasiado tarde; perpetré la más audaz y descabellada locura y fui desheredado por mi fami-

14

lia y condenado al ostracismo por la sociedad a la que había ultrajado tanto tiempo. Con las mil libras que me dio mi padre, con la promesa de no volverme a ver ni a suministrarme más dinero, obtuve un pasaje de primera clase rumbo a Australia.

Desde entonces mi vida ha sido una larga peregrinación -de oriente a occidente, del Ártico al Antártico- para encontrarme, por último, convertido en un experimentado lobo de mar de treinta años, pleno de fuerza viril, que se ahoga en la bahía de San Francisco, tras el desastroso intento de desertar de una nave.

Mi pierna derecha estaba agarrotada por el calambre y estaba sufriendo la más angustiosa de las agonías. Una brisa débil agitaba el mar picado llenándome la boca de agua, que me corría por la garganta sin que pudiera evitarlo. Aunque todavía lograba mantenerme a flote, lo hacía en forma puramente mecánica, pues estaba cayendo por momentos en la inconsciencia. Tengo el desvaído recuerdo de haber sido arrastrado más allá de la escollera, y de entrever la luz de estribor de un vapor; luego todo se hizo oscuridad.

Escuché el débil zumbido de unos insectos y sentí que el balsámico aire de una mañana de primavera acariciaba mis mejillas. Gradualmente se convirtió en un flujo rítmico a cuyas pulsaciones parecía responder mi cuerpo. Flotaba en el suave seno de un cálido mar, alzándome y descendiendo con ensoñador placer cada vez que una ola me acunaba. Pero las pulsaciones se hicieron más fuertes, el zumbido más intenso, las olas más grandes y salvajes... fui maltratado por un mar tormentoso. Una gran agonía se abatió sobre mí. Destellos brillantes e intermitentes relampagueaban a través de mi conciencia interior, en mis oídos atronaba el sonido de las aguas. Luego se produjo la súbita rotura de algo intangible y desperté.

La escena que protagonizaba era realmente curiosa. Un vistazo fue suficiente para saber que me encontraba tirado en el piso del yate de algún caballero importante, en una postura verdaderamente incómoda. A mis costados, aferrando mis brazos y subiéndolos y bajándolos como si fueran palancas de bombeo, estaban dos seres de piel oscura curiosamente vestidos. Aunque conocía la mayor parte de las razas aborígenes no pude deducir su nacionalidad. Habían colocado en mi cabeza una especie de aparato que conectaba mis órganos respiratorios a una máquina que describiré a continuación. Mis fosas nasales, sin embargo, habían sido obturadas para forzarme a respirar por la boca. Deformados por el enfoque oblicuo del ángulo de mi visión contemplé dos tubos, similares a mangueras diminutas pero de diferente composición, que emergían de mi boca y se separaban uno del otro en ángulo recto. El primero terminaba abruptamente y yacía sobre el piso junto a mí, el segundo atravesaba la habitación serpenteando por el suelo, conectándose con el aparato que he prometido describir.

En los días anteriores a que mi vida se hubiera hecho tangencial me había interesado no poco en las ciencias, y conocedor de la parafernalia y accesorios generales de un laboratorio, pude ahora apreciar la máquina que contemplaba. Estaba compuesta principalmente de vidrio, siendo su construcción algo burda como es habitual en los aparatos experimentales. Un recipiente de agua estaba rodeado por una cámara de aire, a la que se unía un tubo vertical terminado en un globo. En el centro de todo esto había un vacuómetro. El agua del tubo se movía hacia arriba y hacia abajo, produciendo inhalaciones y exhalaciones alternas que luego eran comunicadas a través del tubo a mi boca. Con esto y la ayuda de los hombres que movían con tanto vigor mis brazos, el proceso de la respiración había sido artificialmente reiniciado. Subiendo y bajando mi pecho y expandiendo y contrayendo mis pulmones se pudo persuadir a la naturaleza de que volviese a su labor acostumbrada.

Tan pronto abrí los ojos me fue retirado el artefacto que llevaba en la cabeza, nariz y boca. Me hicieron tragar tres dedos de brandy y logré ponerme de pie, tambaleándome, para agradecer a mi salvador. Lo miré y me encontré con... mi padre. Pero los largos años de camaradería con el peligro me habían enseñado a controlarme, y esperé a ver si lograba reconocerme. No fue así, no vio en mí sino un marinero desertor y me trató en consecuencia.

Me dejó al cuidado de los negros y se dedicó a revisar las notas que había tomado de mi resurrección. Mientras devoraba la excelente comida que me era

20

servida, escuché ruidos confusos en cubierta, y por las palabras de los marineros y el tableteo de los motores y aparejos deduje que estábamos zarpando. ¡Era divertido! ¡De crucero con mi solitario padre por el ancho Pacífico! Poco me imaginaba, mientras me reía para mis adentros, quién iba a ser el más perjudicado por esa curiosa broma. Ay, de haberlo sabido hubiera saltado por la borda y regresado de buena gana a las sucias aguas de las que había escapado. No se me permitió salir a cubierta hasta que hubimos dejado atrás los farallones y la última lancha del práctico. Aprecié estas consideraciones de parte de mi padre y me propuse darle las gracias de todo corazón, con los rudos modales de un lobo de mar. No podía sospechar que tenía sus propias razones para mantener oculta mi presencia para todos, excepto para su tripulación. Me habló brevemente de mi rescate por los marineros, asegurándome que el favor me lo debía él a mí, ya que mi aparición había sido realmente oportuna. Había construido el aparato para experimentar algunas teorías concernientes a ciertos fenómenos biológicos, y había estado esperando una oportunidad para utilizarlo.

—Usted ha probado su funcionamiento sin lugar a dudas —dijo, y luego agregó con un suspiro—: pero sólo en el reducido campo de la asfixia.

Pero, para no alargar mi relato, diré que me ofreció un adelanto de dos libras sobre mi futuro jornal por navegar con él, lo cual me pareció excelente, ya que realmente no me necesitaba. Al contrario de lo que esperaba no tuve que unirme al grupo de marineros, en proa, sino que me fue asignado un confortable camarote, y se me designó un lugar en la mesa del capitán. Él se había dado cuenta de que yo no era un marinero común, y resolví aprovechar la oportunidad para recobrar su afecto. Tejí un pasado ficticio para explicar mi educación y presente posición, e hice todo lo posible para entrar en comunicación con él. No tardé mucho en revelar una predilección por la investigación científica, ni él en apreciar mi aptitud. Me convertí en su ayudante, con el correspondiente aumento de mi salario, y a poco comenzó a hacerme confidencias y a exponer sus teorías. Me sentí tan entusiasmado como él.

Los días volaron con rapidez, pues

me hallaba profundamente interesado en los nuevos estudios, pasando las horas de vigilia en su bien provista biblioteca, o escuchando sus planes y ayudándolo en el trabajo del laboratorio. Pero nos vimos obligados a diferir algunos experimentos atrayentes por no ser una nave bamboleante el lugar adecuado para trabajos delicados y cuidadosos. Sin embargo me prometió muchas horas agradables en el magnífico laboratorio hacia el que nos dirigíamos. Había tomado posesión de una isla no señalada en mapas de los Mares del Sur, según me dijo, y la había convertido en un paraíso científico.

No llevábamos mucho tiempo en la isla cuando descubrí la horrible red en la que había sido atrapado. Pero antes de que describa los extraños sucesos que acaecieron, debo delinear brevemente las causas que culminaron en una experiencia tan asombrosa como jamás sufrió hombre alguno.

En sus últimos años mi padre había abandonado los mohosos encantos del anticuario y había sucumbido a los más fascinantes que se designan bajo la denominación genérica de biología. Como había sido cuidadosamente instruido en los fundamentos durante su juventud, exploró rápidamente todas las ramas superiores hasta donde había llegado el mundo científico, hasta encontrarse en la tierra virgen de lo desconocido. Era su intención el adelantarse en este territorio inexplorado y en ese punto de sus investigaciones fue cuando el azar nos reunió. Dotado de un buen cerebro, aunque no esté bien que yo mismo lo diga, me sumergí en sus especulaciones y métodos de razonamiento, volviéndome casi tan loco como él. Pero no debería decir esto. Los maravillosos resultados que obtuvimos más tarde señalan a las claras su lucidez. Tan sólo puedo decir que era el ser de más anormal crueldad y sangre fría que jamás hubiera visto.

Después de haber penetrado los misterios duales de la fisiología y la sicología, sus razonamientos lo habían llevado al límite de un gran campo, y para explorarlo mejor, debió iniciar estudios de química orgánica superior, patología, toxicología y otras ciencias y subciencias relacionadas secundariamente con sus hipótesis especulativas. Comenzando con la proposición de que la causa directa del cese de vitalidad, temporal o permanente, era la coagulación de ciertos elementos y compuestos del protoplasma, había aislado y sometido a múltiples experimentos a dichas sustancias. Dado que el cese temporario de vitalidad en un organismo ocasionaba el coma, y el cese permanente la muerte, supuso que mediante métodos artificiales esta coagulación del protoplasma podía ser retrasada, o evitada y hasta combatida en casos extremos de solidificación.

O sea que, olvidándonos del lenguaje técnico, afirmaba que la muerte, cuando no era violenta y en ella resultaba dañado alguno de los órganos, era simplemente vitalidad suspendida; y que, en tales ocasiones, podía inducirse a la vida a reiniciar sus funciones mediante métodos adecuados. Esta era, pues, su idea: descubrir el método de renovar la vitalidad de una estructura -y probar esta posibilidad práctica por medio de la experimentación- de la que aparentemente ha huido la vida. Desde luego se daba cuenta de la inutilidad del intento luego del inicio de la descomposición; necesitaba organismos que tan sólo el instante, la hora o el día anterior hubiesen estado rebosantes de vida. Conmigo, de forma algo primaria, había comprobado su teoría. Cuando me habían recogido de las aguas de la bahía de San Francisco estaba realmente muerto, ahogado... pero la chispa vital había sido vuelta a encender por medio de sus aparatos aeroterapeúticos, como los llamaba él.

Vayamos ahora a sus oscuros propósitos con respecto a mi persona. Primero me mostró de qué forma me hallaba completamente en su poder. Había enviado lejos el yate por el término de un año, reteniendo tan sólo a los dos negros. Luego me hizo una exposición exhaustiva de su teoría, y esbozó a grandes rasgos el método de prueba que había decidido adoptar, concluyendo con el repentino anuncio de que yo iba a ser su cobayo. Me había enfrentado a la muerte y arriesgado sin temer las consecuencias en muchas aventuras desesperadas, pero nunca en una de esa naturaleza. Puedo jurar que no soy ningún cobarde, y no obstante esta proposición de viajar a uno y otro lado de la frontera de la muerte me produjo un terror pánico. Pedí que me concediera algún tiempo, a lo que él accedió, asegurándome también que tenía un solo camino: el de la

29

sumisión. La huida de la isla estaba fuera de toda cuestión, la huida mediante el suicidio no era nada divertida, pero quizás era realmente preferible a lo que luego iba a sufrir. Mi única esperanza era destruir a mis raptores. Pero esta última posibilidad fue eliminada por las precauciones tomadas por mi padre. Estaba sujeto a una vigilancia constante, incluso durante el sueño, por uno u otro de los negros.

Luego de suplicar en vano, descubrí y probé que era su hijo. Era mi última carta y había puesto todas mis esperanzas en ella. Pero fue inexorable; no era un padre sino una máquina científica. Aún me pregunto cómo fue que se casó con mi madre y me engendró, puesto que no había en su personalidad la más mínima porción de sentimiento. La razón lo era todo para él, y no podía comprender esas nimiedades como el amor o la pena por los otros, excepto como fútiles debilidades que debían ser extirpadas. Así que me informó que si en un principio me había dado la vida, era el más indicado ahora para quitármela. No obstante lo cual, me dijo que no era ese su deseo, que solamente deseaba tomarla prestada de vez en cuando, prometiéndome devolverla puntualmente en el momento señalado. Desde luego que uno se encuentra siempre expuesto a una serie de calamidades, pero no me quedaba otra solución que arriesgarme, tal como sucede con todas las empresas humanas.

Para asegurar su éxito deseaba que me hallase en excelente condición física, así que me sometió a dieta y a entrenamiento como si fuera un gran atleta antes de una prueba decisiva. ¿Qué podía hacer yo? Si tenía que correr el riesgo, lo mejor era hacerlo con la mejor preparación posible. En los intervalos de descanso me permitía ayudarle a preparar los aparatos y asistirlo en los diversos experimentos secundarios. Puede imaginarse el interés que tomé en tales operaciones. Llegué a dominar el trabajo tan bien como él, y a menudo tuve el placer de ver cómo eran puestas en práctica algunas de mis sugerencias o alteraciones. Después de alguno de esos resultados sentía una amarga satisfacción, consciente de estar preparando mi propio funeral.

Comenzó a realizar una serie de experimentos en toxicología. Cuando todo estuvo listo fui muerto por una fuerte dosis de estricnina y convertido en cadáver alrededor de veinte horas. Durante ese período mi cuerpo estuvo muerto, absolutamente muerto. Toda respiración y circulación habían cesado. Pero lo más terrible fue que, mientras tenía lugar la coagulación protoplasmática, retuve la conciencia y pude así estudiarla en todos sus macabros detalles.

El aparato destinado a devolverme la vida era una cámara hermética dispuesta para recibir mi cuerpo. El mecanismo era simple: algunas válvulas, un cilindro con pistón y un motor eléctrico. Cuando estaba funcionando, la atmósfera interior era rarificada y comprimida alternativamente, comunicando a mis pulmones una respiración artificial sin la utilización de los tubos previamente usados. Aunque mi cuerpo estaba inerte y acaso en las primeras etapas de la descomposición, tenía conciencia de todo lo que sucedía. Supe cuándo me colocaron en la cámara, y aunque mis sentidos estaban en reposo sentí los pinchazos de las agujas hipodérmicas que me inyectaban un compuesto que debía reaccionar contra el proceso coagulatorio. Entonces fue cerrada la cámara y puesta en marcha la máquina. Mi ansiedad era terrible, pero la circulación fue restaurada, los diferentes órganos comenzaron a ejecutar sus tareas respectivas, y al cabo de una hora estaba devorando una abundante cena.

No puede decirse que participase en esta serie de experiencias, ni en las subsiguientes, con muy buen ánimo, pero tras dos tentativas de huida fallidas, comencé a tomar el asunto con cierto interés. Además estaba empezando a acostumbrarme. Mi padre estaba fuera de sí por la alegría de su éxito, y al ir transcurriendo los meses sus especulaciones fueron haciéndose cada vez más extremas. Recorrimos las tres grandes series de venenos, los neurológicos, los gaseiformes y los irritadores, pero evitamos cuidadosamente algunos de los irritadores minerales y dejamos de lado a todo el grupo de los corrosivos. Durante el régimen de los venenos me llegué a habituar a morir y hubo un solo incidente que hizo temblar a mi creciente confianza. Haciendo incisiones en algunas venillas de mi brazo introdujo una diminuta cantidad del más aterrador de los venenos, el de las flechas o curare. Perdí el conocimiento de inmediato y a continuación se detuvo la respiración y la circulación, de modo tal que la solidificación del protoplasma avanzó con tal rapidez que le hizo perder todas las esperanzas. Pero en el último momento aplicó un descubrimiento en el que había estado trabajando, y obtuvo resultados que lo hicieron renovar sus esfuerzos.

En una campana de vacío, similar pero no idéntica al tubo de Crookes, había colocado un campo magnético. Cuando era atravesado por luz polarizada, no producía fenómeno alguno de fosforescencia, ni proyección rectilínea de átomos, pero emitía unos rayos no luminosos similares a los rayos X. Mientras los rayos X son capaces de revelar objetos opacos ocultos en medios densos, estos poseían una mayor penetración. Mediante los mismos fotografió mi cuerpo y halló en el negativo un infinito número de sombras desdibujadas, debidas a las actividades eléctricas y químicas que aún proseguían su función. Esto era una prueba infalible de que el rigor mortis en el cual yacía no era real; esto es que aquellas fuerzas misteriosas, aquellos lazos delicados que unían el alma a mi cuerpo todavía estaban en acción. Así pues la acción del curare fue mucho más peligrosa que la de los otros venenos, cuyas resultantes posteriores eran inapreciables, salvo en los compuestos mercuriales, que usualmente me dejaban lánguido por varios días.

Otra serie de experimentos deliciosos fueron hechos con la electricidad. Verificamos la verdad de la aseveración de Tela, quien afirmaba que las corrientes de alta frecuencia eran inofensivas, haciéndome pasar cien mil voltios por el cuerpo. Como esto no me afectaba redujo la frecuencia hasta los dos mil quinientos voltios y así fui electrocutado. Esta vez se arriesgó hasta el punto de dejarme muerto, o en estado de vitalidad suspendida, por tres días. Le llevó cuatro horas volverme a la vida.

En una ocasión me infectó con el tétano, pero la agonía al morir fue tan grande que me negué totalmente a sufrir otros experimentos similares. Las muertes más fáciles fueron por asfixia, tales como sumergirme en agua, estrangularme, y sofocarme con gas; mientras que las llevadas a cabo mediante morfina, opio, cocaína y cloroformo no eran del todo difíciles.

Otra vez, tras ser sofocado, me tuvo

en hielo durante tres meses, no permitiendo ni que me descongelara ni que me pudriese. Esto lo hizo sin mi conocimiento previo, y me asusté mucho al descubrir el lapso pasado. Me aterroricé al pensar lo que podía hacerme mientras yacía muerto, y mi alarma fue en aumento al notar la predilección que estaba desarrollando hacia la vivisección. La última vez que fui revivido descubrí que había estado hurgando en mi pecho. Aunque había curado y cosido cuidadosamente las incisiones, estas eran tan profundas que tuve que guardar cama durante un tiempo. Fue durante esa convalecencia que elaboré el plan mediante el cual finalmente escapé.

Demostrando un entusiasmo desbordante por mi trabajo le pedí, y me fue otorgada, una vacación de mi trabajo de moribundo. Durante ese período me dediqué a experimentar en el laboratorio, mientras él estaba demasiado ocupado en la vivisección de algunos animales atrapados por los negros, como para prestar atención a mi labor.

Fue en estas dos proposiciones que basé mi teoría: primero, la electrólisis, o la descomposición del agua en sus gases constituyentes mediante la electricidad; y segundo, en la hipotética existencia de una fuerza, la contraria a la gravitación, a la que Astor ha denominado "aspergia". La atracción terrestre, por ejemplo, tan sólo mantiene los objetos juntos, pero no los combina; por lo tanto la aspergia es mera repulsión. Sin embargo, la atracción molecular o atómica no sólo junta los objetos sino que los integra; y era la contraria, o sea una fuerza desintegradora, la que no sólo deseaba descubrir y producir, sino también dirigir a voluntad. Tal como las moléculas de hidrógeno y oxígeno reaccionan unas con otras, y crean nuevas moléculas de agua, la electrólisis produce la disociación de estas moléculas, volviéndolas a su condición original, generando los dos gases por separado. La fuerza que yo deseaba tendría que operar no sólo sobre estos dos elementos químicos, sino sobre todos los demás, sin importar bajo qué compuesto se encontrasen. Y si entonces lograba atraer a mi padre a su radio de acción sería desintegrado instantáneamente, y diseminado en todas direcciones como una masa de elementos aislados.

No se debe creer que esta fuerza,

41

cuando estuvo finalmente bajo mi dominio, aniquilaba la materia; no, simplemente aniquilaba su estructura. Ni tampoco, como pronto descubrí, tenía efecto sobre las estructuras inorgánicas; pero para todas las formas orgánicas era absolutamente fatal. Esto me produjo cierto asombro al principio, aunque si hubiera pensado más detenidamente hubiera comprendido con rapidez la razón. Dado que el número de los átomos de las moléculas orgánicas es mucho más grande que el de las complejas moléculas minerales, los compuestos orgánicos se caracterizan por su inestabilidad y por la facilidad con que son disgregados por las fuerzas físicas y los reactivos químicos.

Dos tremendas fuerzas eran proyectadas por dos potentes baterías, conectadas con magnetos construidos para este fin. Separadas una de la otra eran completamente inofensivas, pero cumplían su objetivo al converger en un punto en medio del aire. Después de casi haber demostrado su funcionamiento escapando por un pelo de ser disipado en la nada, preparé la trampa. Escondí los magnetos de forma tal que su fuerza convergía frente a la entrada de mi alcoba en un campo mortal, y coloqué en mi cama un botón desde el cual podía conectar la corriente de las baterías, hecho lo cual me introduje en el lecho.

Los negros todavía vigilaban mi dormitorio, relevándose uno al otro a medianoche. Conecté la corriente tan pronto llegó el primero. Apenas había logrado adormecerme cuando fui despertado por un vibrante tintineo metálico. Allí, en el umbral de la puerta se hallaba Dan, el San Bernardo de mi padre. Mi guardián corrió a tomarlo. Desapareció como una bocanada de aire, sus ropas cayeron al suelo en un montón. Se notaba un ligero olor a ozono en el aire, pero dado que los principales componentes gaseosos del cuerpo son el hidrógeno, el oxígeno y el nitrógeno, que son igualmente inodoros e incoloros, no se notaba otra manifestación de su desaparición. No obstante, cuando desconecté la corriente y recogí las vestiduras, hallé un precipitado de carbono en forma de carbón animal, y otros sólidos: los elementos aislados de su organismo, tales como azufre, potasio y hierro. Volví a instalar la trampa y retorné a la cama.

A medianoche me levanté y recogí los restos del segundo negro, y luego dormí pacíficamente hasta el amanecer.

Me despertó la estridente voz de mi padre que me llamaba desde el otro lado del laboratorio. Me reí para mis adentros. Nadie lo había despertado y había dormido más de la cuenta. Pude oírlo mientras se acercaba a mi habitación con la intención de hacerme levantar, por lo tanto me senté en la cama, para observar mejor su eliminación, o mejor debería decir su apoteosis. Se detuvo un momento en el umbral, y luego dio el paso fatal. ¡Puf! Fue como el viento soplando entre los pinos. Desapareció. Sus ropas cayeron en un fantástico montón sobre el suelo. Además del ozono noté un débil olor a ajo producido por el fósforo. Algunos sólidos elementales yacían entre sus vestimentas. Eso era todo. El ancho mundo se abría ante mí. Mis carceleros ya no existían.

FIN

El rejuvenecimiento del comandante Rathbone

(1899)

La alquimia fue un sueño magnífico, fascinante, imposible; pero antes de que se desvaneciera de sus entrañas salió un hijo aún más maravilloso, que no es otro que la química. Y digo que es más maravilloso porque sustituyó la fantasía por el hecho y amplió enormemente la capacidad de éxito del hombre. Ha convertido la probabilidad en posibilidad y de lo ideal ha dado forma a lo real. ¿Me sigues?

Dover buscó una cerilla, distraído, mientras me observaba con una seriedad que al instante me recordó al anciano Doc Frawley, que había sido nuestro profesor en la Universidad varios años antes. Asentí y él, tras envolverse en una nube de humo, continuó disertando.

—La alquimia nos ha enseñado muchas cosas y en los últimos tiempos hemos hecho realidad algunas de sus visiones. El elixir de la vida era algo absurdo, la juventud perpetua no es más que la negación total del principio básico de la vida. Pero... Dover se detuvo con una solemnidad exasperante.

—Pero la prolongación de la vida ya es un incidente tan común que nadie la cuestiona. No hace mucho, una generación representaba treinta y tres años, la duración media de la existencia humana. Hoy, debido al veloz avance de la medicina, la salubridad, la distribución, etcétera, una generación supone treinta y cuatro años. Es posible que en la época de nuestros bisnietos alcance los cuarenta años. ¿Quién sabe?[1] Porque incluso nosotros podríamos llegar a ver cómo se dobla esa

[1] En español en el original.

cifra. ¡Ah! —exclamó al ver que me sobresaltaba—. ¿Comprendes a dónde quiero llegar?

—Sí —respondí—, pero...

—Déjate de peros —interrumpió despóticamente—. Los conservadores anquilosados siempre habéis querido impedir el avance de la ciencia...

—Evitando que se rompiera el cuello por correr demasiado —contraataqué.

—Para el carro y déjame continuar. ¿Qué es la vida? Schopenhauer la ha definido como la afirmación de la voluntad de vivir, lo que por cierto constituye un absurdo filosófico, pero que no nos incumbe. ¿Y qué es la muerte? Sencillamente, el desgaste, el agotamiento, la descomposición de las células, tejidos, nervios, huesos y músculos del organismo humano.

A los médicos les cuesta mucho soldar los huesos de los ancianos. ¿Por qué? Porque el hueso debilitado, próximo a la etapa de disolución, ya no es capaz de librarse de los depósitos minerales que le imponen las funciones naturales del cuerpo. ¡Y con qué facilidad se rompe un hueso así! Sin embargo, si fuese posible retirar los grandes depósitos de fosfato, carbonato de sodio, etcétera, el hueso recuperaría la elasticidad y flexibilidad que poseía en la juventud.

»Basta con aplicar este proceso, en distintas medidas, al resto de la anatomía y ¿qué tenemos? El retraso de la desintegración del sistema, la evasión de la vejez, el destierro de la senilidad y la recuperación del frenesí juvenil. Si la ciencia ha prolongado en un año la vida de la generación, ¿no resulta también posible que prolongue muchos más la del individuo?

Atrasar el reloj de la vida, invertir la ampolleta del tiempo y lograr que su arena dorada corriese otra vez... Me fascinaba la audacia de aquella idea. ¿Qué lo impedía? Si se podía retrasar un año, ¿por qué no veinte? ¿O cuarenta?

¡Pamplinas! Empezaba a sonreír ante mi credulidad cuando Dover abrió el cajón de su lado y sacó un vial con la tapa metalizada. Confieso que me sentí decepcionado al ver el líquido normal y corriente que contenía, un fluido denso y casi incoloro, sin la brillante iridiscencia que parecería lógica en un compuesto tan mágico. Lo agitó con cuidado, casi con mimo, pero sus propiedades ocultas no se manifestaron de forma alguna. Luego abrió un estuche de cuero negro y señaló la jeringa hipodérmica que descansaba entre el terciopelo rojo del interior. Recordé el elixir de Brown-Séquard y los experimentos de Koch. Le dediqué una sonrisa indecisa, pero él adivinó mis pensamientos y se apresuró a decir:

—No. Ellos iban por buen camino, aunque se desviaron. —Luego abrió una de las puertas del laboratorio y llamó—: ¡Hector! ¡Ven aquí, anda!

Hector era un terranova muy viejo que desde hacía años solo servía para tumbarse y entorpecer el paso de la gente. En eso era un experto. Imaginen mi asombro cuando vi aparecer un animal pesado y corpulento que se movía a la velocidad de un torbellino y lo revolvió todo hasta que su amo consiguió calmarlo. Do-

54

ver me miró de manera elocuente, sin hablar.

—¡Pero ese... ése no es Hector! —exclamé sin poder creérmelo.

Levantó una de las orejas del animal y vi dos cortes cicatrizados, reminiscencia de sus días de peleas juveniles, cuando su dueño y yo también éramos unos críos. Recordaba a la perfección aquellas heridas.

—Tiene dieciséis años y es tan juguetón como un cachorro. —Dover sonreía con orgullo—. Llevo dos meses experimentando con él. Aún no lo sabe nadie, pero ¡imagina cómo abrirán los ojos cuando Hector vuelva a correr por ahí! El hecho es que le he insuflado una nueva vida con la inyección linfática, la misma linfa que utilizaron otros investigadores antes que yo, pero ellos fracasaron al clarificar sus compuestos y yo lo he conseguido. ¿Qué es? Un derivado animal que suspende y elimina los efectos de la senectud, actuando sobre las células estancadas de cualquier organismo animal. Analicemos los cambios anatómicos de Hector, producidos por la infusión del compuesto linfático: en general se caracterizan por la expulsión de los depósitos minerales presentes en los huesos y la infiltración de los tejidos musculares. Por supuesto que hay otros factores menores, pero también los he superado, aunque no sin el triste fallecimiento de varios animales con los que experimenté al principio. No fui capaz de utilizar a Hector hasta que logré despejar el fracaso de la ecuación. Y ahora... —Se puso de pie y empezó a caminar de un lado a otro con pasos nerviosos, por lo que tardó un rato en completar la frase—: Y ahora estoy preparado para administrar el rejuvenecedor a los humanos. Tengo la intención de trabajar primero con alguien que me resulta muy querido...

—¿No... no con...? —tartamudeé.

—Sí, con el tío Max. Por eso necesito tu ayuda. He ido realizando un descubrimiento tías otro, hasta que ahora el proceso de rejuvenecimiento se ha acelerado de tal forma que me temo a mí mismo. Y el tío Max es tan viejo que necesitamos manejarlo con la mayor de las discreciones. Las cruciales transformaciones en todo el organismo de un cuerpo tan avejentado solo podrán producirse utilizando los métodos más drásticos y debemos ser muy cuidadosos. Como ya he dicho, me temo a mí mismo y necesito que alguien me ponga freno y me controle. ¿Comprendes? ¿Me ayudarás?

HE INCLUIDO ESTA CONVERSACIÓN mantenida con mi amigo, Dover Wallingford, para mostrar cómo me involucré en uno de los experimentos científicos más extraños de mi vida. Nuestra villa aún no ha dejado de hablar con asombro de los insólitos acontecimientos que tuvieron lugar después. Y como sus habitantes no conocen los hechos reales del caso, lo sucedido los ha conmovido hasta lo más profundo de su ser. El revuelo provocado fue tremendo; se organizaron tres campamentos espirituales al mismo tiempo y todos tuvieron éxito; se ha hablado mucho de señales y portentos, y no pocos de los miembros considerados normales de la comunidad han proclamado el advenimiento de tos milagros modernos, aunque siguen pendientes de oír las trompetas del Juicio Final y elevan los ojos para ver plegarse los cielos como un pergamino. En cuanto al comandante Rathbone —el tío Max de Dover—, cierta parte de la villa lo considera un segundo Lázaro, resucitado de entre los muertos, alguien que casi ha visto a Dios, mientras que la otra parte está convencida de que se ha compinchado con Lucifer y un día desaparecerá en medio de un remolino de azufre y fuego del infierno.

Pero en cualquier caso, yo expondré los hechos tal y como son, aunque no pretendo explicar los detalles del caso, excepto en lo relativo a los resultados que conciernen al comandante Rathbone. Han surgido varias contingencias que debemos solucionar antes de entusiasmar al viejo mundo con la fórmula exacta de nuestro maravilloso descubrimiento.

Entonces convocaremos un sínodo de naciones y el rejuvenecimiento de la humanidad pasará a manos de comisiones de expertos competentes nombradas por los distintos gobiernos. Y desde ahora mismo prometemos que será tan gratis como el aire que respiramos o el agua que bebemos. Además, en vista de nuestros motivos puramente altruistas, solicitamos que nuestra confidencialidad actual sea respetada y no se convierta en objeto de reflexiones envidiosas por parte del mundo al que tenemos intención de beneficiar.

Y ahora, al grano. De inmediato ordené que me trajeran mis cosas y me establecí en una de las suites que lindaban con el laboratorio de Dover. El comandante Rathbone, deslumbrado por la rutilante promesa de la juventud, se prestó encantado a nuestros requerimientos: Para el resto del mundo yacía enfermo, a punto de morir, pero en realidad cada día que empleábamos en él le reportaba salud y fuerzas renovadas. Durante ti es meses nos dedicamos por entero a la tarea, una tarea plagada de peligros pero tan absorbente que no éramos conscientes del paso del tiempo. La pálida piel del comandante recuperó el color, los músculos se llenaron y una parte de las arrugas desapareció. En su juventud había sido muy deportista y, al no tener defectos orgánicos, recuperó fuerzas de una manera casi milagrosa. El brío y la energía que mostraba resultaban sorprendentes y, hacia el final, el vigor de la juventud dominaba su sangre de tal forma que nos costaba contenerlo. Habíamos empezado esforzándonos por resucitar a un anciano débil y ahora nos las veíamos con un gigante joven e impetuoso. Lo más sorprendente era que conservaba el cabello y la barba tan blancos como al principio. Por más que lo intentamos, se resistieron a todos nuestros esfuerzos. Tampoco desapareció la irascibilidad que había ido dominándolo con el paso de los años. Eso, junto con la testarudez y la agresividad propias de su carácter, se convirtió en una carga muy pesada para nosotros.

A principios de abril tanto Dover como yo nos vimos obligados a ausentarnos debido a un problema burocrático en relación con un cargamento de productos químicos. Habíamos dado a Michael, el hombre de confianza de Dover, las instrucciones necesarias y no esperábamos que surgieran problemas. Pero cuando regresamos, nos recibió avergonzado en la entrada de la propiedad.

—¡Se ha ido! —exclamó—. ¡Se ha ido! —repetía una y otra vez, muy preocupado. U brazo derecho le colgaba sin fuerza y nos hizo falta una buena dosis de paciencia para entender lo que había ocurrido—. Le dije que tenía órdenes de que no saliera. Pero se puso como un toro de lidia y quiso saber quién había dado las órdenes. Cuando se lo dije me contestó que ya iba siendo hora de que supiera que él no aceptaba órdenes de nadie. Quise impedirle el paso, me agarró del brazo y me lo retorció con fuerza. Me temo que está roto, señor. Luego llamó a Hector y se fueron campo a través en dirección a la villa.

—Por suerte el brazo no está roto —le dijo Dover tras examinarlo—. El bíceps está un tanto afectado y no podrá moverlo demasiado durante un par de días. Le dolerá, pero nada más. —Luego se dirigió a mí—: Vamos, tenemos que encontrarlo.

Según lo hasta la villa no resultó complicado. Al llegar a la calle principal, llamó nuestra atención un grupo de gente que se agolpaba frente a la oficina de Correos y, aunque llegamos en el momento culminante, no nos costó adivinar lo que había ocurrido antes. Un bulldog que pertenecía a tres obreros se había peleado con Hector y, como había sido imposible equilibrar la segunda juventud de Hector con una dentadura nueva, el pobre perro se encontró en franca desventaja. Quedaba claro que el comandante Rathbone había intervenido en un esfuerzo por separar a los animales y que a los otros tres nos les había hecho gracia. Además, parecía un anciano tan inofensivo, con su cabello y su barba blancos y su aspecto de patriarca, que debieron imaginar que iban a poder divertirse un rato con él.

—¡Vamos, largo! —oímos decir a uno de los matones, al tiempo que empujaba al comandante como si fuese un niño pequeño.

Él protestó con educación diciendo que el perro era suyo, pero ellos se lo tomaron a broma y se negaron a hacerle caso. El grupo estaba compuesto por hombres de baja estofa y se apretujaban de tal forma para ver el espectáculo que nos costó abrirnos camino.

—Oye, señorito —intervino el obrero que había empujado al comandante Rathbone—, ¿no crees que deberías volver a casa con tu mamá? Este no es lugar para los niños como tú.

No hacía falta mucho para que el comandante se lanzase a pelear. No se lo pensó. Y antes de que nos diésemos cuenta, la pelea había terminado. Un golpe bajo la oreja del primer rufián, un buen puñetazo en la barbilla del segundo y un rápido gancho a la yugular del tercero hicieron morder el polvo de la calle a los tres brutos. La gente retrocedió asombrada ante aquel prodigio y más de uno juró no creer lo que habían visto sus ojos.

Tras separar a los perros, el comandante Rathbone se incorporó y en su mirada había un brillo alegre que nos dejó preocupados. Nos habíamos acercado a él con la actitud de dos cuidadores que van a rescatar a su paciente, pero su sensatez y perfecta compostura nos dejaron de piedra.

—Oíd —nos dijo en tono jovial—, a la vuelta de la esquina hay un sitio donde sirven el mejor whisky de centeno.

Nos guiñó el ojo al cogernos del brazo como camaradas. Así pasamos entre los demás, que aún no habían reaccionado.

Desde ese momento ya no pudimos controlarlo. Siempre había sido un hombre imponente y entonces decidió demostrarnos que era capaz de cuidarse solo. Su misterioso rejuvenecimiento se convirtió en un prodigio que nunca dejó de serlo, porque iba aumentando de día en día. Todas las mañanas se le veía volver a casa para desayunar, con un morral bien lleno y la escopeta de Dover. De joven había sido buen jinete y una tarde, al volver de un viaje a la ciudad, nos encontramos media villa colgada de la valla del potrero. Nos paramos a mirar y descubrimos al comandante Rathbone domando uno de los potros que hasta ese momento había desafiado a los mozos de cuadra. Era un espectáculo edificante el que componían aquel cabello canoso y la barba venerable agitados por el viento mientras él pasaba de un lado a otro como una flecha, sobre el lomo del animal. Pero consiguió domarlo. Al final uno de los mozos de cuadra se lo llevó tembloroso y sumiso como un gatito. En otra ocasión, mientras daba su paseo a caballo de primera hora de la tarde, que ya se había convertido en costumbre, su espíritu indómito se vio avivado por un grupo de jóvenes con buenas monturas, se lanzó al galope con su enorme semental y los dejó atrás durante todo el camino hasta la calle principal de la villa amodorrada.

Resumiendo, que volvió a tomar las riendas de su vida donde las había dejado muchos años antes. En política era un conservador convencido y el estado de cosas peculiarmente deplorable que entonces prevalecía lo animó a salir de nuevo al ruedo. Se presentía una crisis entre los dueños de las fábricas y los obreros, por lo que entre nosotros había surgido una turbulenta clase de agitadores. El comandante no solo se oponía a ellos abiertamente, sino que vapuleó a varios de sus cabecillas más ofensivos, acabó con la huelga casi antes de que empezara y, tras una campaña de lo más emocionante, se hizo con la alcaldía. Lo ajustado del recuento resalta lo encarnizada que había sido la lucha. Al mismo tiempo presidía mítines en los que se mostraba indignado y consiguió que toda la comunidad gritase «¡Cuba libre!» y se mostrase casi dispuesta a marchar para liberarla.

Lo cierto es que se movía por toda la región como un Nemrod joven y administraba los asuntos de la villa con la sabiduría de un Solón. Ante la oposición resoplaba como un viejo caballo de guerra y ¡pobre de quien osase contradecirlo! El éxito lo estimulaba a llevar una actividad mayor pero, si bien esa actividad resultaría recomendable en un joven, en alguien de su edad parecía tan incongruente e inapropiada que sus amigos y parientes se mostraban terriblemente sorprendidos. Dover y yo no podíamos más que cruzar los dedos y observar las excentricidades de nuestra maravilla con canas.

Su fama o, como nosotros preferíamos llamarla, su notoriedad se extendió hasta que en la región se empezó a hablar de presentarlo al Congreso en las siguientes elecciones. La prensa sensacionalista llenó las columnas de sus ediciones dominicales con el relato tergiversado de sus hazañas y su tremenda vitalidad. Esos entrevistadores de la prensa amarilla nos habrían sacado de quicio con sus insistentes demandas si el propio comandante no se hubiese ocupado del asunto. Se acostumbró a echar al menos a uno de ellos de la casa antes de desayunar y siempre, al volver por la tarde, atendía de la misma manera a tres o cuatro más. Una plaga de curiosos y eruditos cayó sobre nuestra tranquila vecindad. Caballeros con gafas, generalmente calvos y siempre muy bien educados, llegaban solos, en parejas, en comités y delegaciones para tomar nota de los hechos y prodigios de aquel asombroso caso. Entusiastas de lo místico, de pelo largo y ojos alocados, y los devotos de innumerables sistemas ocultos se cernían sobre nuestras puertas principal y trasera, pisoteando las flores hasta el punto de que nuestro jardinero, desesperado, amenazó con abandonar su puesto. Estoy convencido de que podríamos haber ahorrado un diez por ciento en la factura del carbón solo con quemar la correspondencia no solicitada.

Y para colmo, cuando los Estados Unidos declararon la guerra a España, el comandante Rathbone dimitió de la alcaldía y solicitó un nombramiento en el Ministerio de Defensa. En vista de su historial en la Guerra de Secesión y su magnífica salud, parecía muy probable que su petición fuese escuchada.

—Creo que antes de que podamos endosarle este rejuvenecedor al mundo, vamos a tener que encontrar un antídoto, una especie de debilitador que reduzca la vivacidad que conlleva la vuelta a la juventud.

Nos habíamos sentado, abatidos y desesperados, para discutir el problema y buscar una solución.

—Verás —continuó Dover—, tras revivificar a una persona anciana, esa persona se escapa a nuestro control. No podemos frenarla ni moderar cualquier exceso de espontaneidad juvenil que le hayamos provocado. Ahora comprendo que debemos administrar nuestra linfa con el mayor de los cuidados si queremos evitar que la conducta del paciente se vuelva disparatada. Aunque ahora no se trata de eso. ¿Qué hacemos con el tío Max? Confieso que no se me ocurre nada más que intentar retrasar la respuesta del Ministerio.

Vi a Dover tan perdido que me sentí eufórico al desvelarle el plan que llevaba tiempo madurando.

—Has hablado de un antídoto —empecé a decir con precaución—. Como sabemos, hay antídotos de muchos tipos que sirven para remediar un mal u otro. Si un niño pequeño se bebiera medio litro de queroseno, ¿qué antídoto sugerirías? —Dover negó con la cabeza—. Y ya que no existe antídoto alguno para semejante caso, ¿debemos dejar que el niño se muera? Por supuesto que no. Le administramos un emético. Claro que en el caso que nos ocupa el emético no sirve de nada. Pero, a quien sufre de un excesivo sometimiento a su esposa, o a un hipocondríaco, ¿qué remedio debemos aplicarle? Desde luego que ninguno de los dos que ya he mencionado. ¿Qué le prescribirías a un deprimido?

—Un cambio respondió al instante—. Algo que lo aparte de sí mismo y de sus pensamientos enfermizos, algo que le dé un nuevo interés en la vida, que le aporte un motivo para existir.

—Muy bien —continué encantado—. Convendrás conmigo en que le has administrado un antídoto, cierto, pero que en lugar de ser algo físico o medicinal es intangible y abstracto. ¿Podrías darme un remedio similar para el exceso de ánimo o de fuerzas?

Dover me miró perplejo y esperó a que siguiese hablando.

—¿Recuerdas a un hombre muy fuerte que se llamaba Sansón? ¿Y a Dalila, la hermosa filistea? ¿Te has parado a pensar en el significado de La bella y la bestia? ¿Sabes que hasta el más fuerte ha flaqueado, se han creado o derribado dinastías e incontables naciones han sido dominadas o rescatadas de conflictos civiles y todo por el amor de alguna mujer? Pues ahí tienes tu antídoto —añadí con modestia, como si se me hubiese ocurrido en ese momento.

—¡Sí! —Se le iluminó la mirada un instante, aunque enseguida negó con la cabeza, triste y consternado, y dijo—: Pero ¿y las candidatas? No hay ninguna.

—¿Recuerdas una novia que tuvo el comandante cuando era joven, antes de la guerra?

—¿Te refieres a la señorita Deborah Furbush, tu tía Debby?

—Sí, mi tía Debby. Ya sabes que se pelearon y nunca hicieron las paces.

77

—Ni se han vuelto a hablar.

—Sí que se hablan. Desde su rejuvenecimiento, él la visita con regularidad para interesarse por su salud. Alardea ante ella. La tía Debby lleva un año postrada en la cama. No sube ni baja sola las escaleras. Y lo único que tiene es un exceso de años.

—Si es lo bastante fuerte... —aventuró Dover.

—¡Pues claro que sí! —exclamé—. Te aseguro que lo suyo es pura senilidad. No hay nada que pueda preocuparnos, excepto una leve, muy leve, insuficiencia cardiaca. ¿Qué me dices? Podemos retrasar un par de meses el nombramiento del Ministerio y empezar de inmediato a tratar a la tía Debby. ¿Qué me dices, amigo? ¡Dime algo!

Estaba emocionado con la solución a nuestro problema y conseguí emocionarlo a él también. Conscientes de que debíamos darnos prisa, fuimos al laboratorio, reunimos todo cuanto necesitábamos y nos establecimos en mi casa, que quedaba frente a la de la tía Debby.

Para entonces manejábamos con soltura todo el procedimiento, así que empezamos a trabajar sin desviarnos de nuestro fin. Lo hacíamos a hurtadillas y el comandante Rathbone no se enteró de a qué nos dedicábamos. Una semana después, el hogar de los Furbush se asombró al ver que la tía Debby abandonaba sola el lecho para estrechar la mano del comandante cuando fue a visitarla. A los quince días, desde una esquina de la casa que nos permitía ver sin ser vistos, los observamos pasear por el jardín y percibimos cierta galantería en el comportamiento del comandante. La rapidez con la que la tía Debby arrostraba los cambios resultaba vertiginosa. Visiblemente rejuvenecida, sus mejillas recuperaron el color y su tez se iluminó.

Unos diez días más tarde, el comandante fue a buscarla en un automóvil, que él mismo conducía, y se la llevó de excursión. ¡Cómo hablaron en la villa! Aunque fue mucho más lo que dijeron cuando, un mes después, el interés del comandante por la guerra remitió hasta el punto de rechazar el nombramiento. Pero cuando los ancianos recorrieron el camino hasta el altar y luego se fueron de luna de miel, las lenguas se desataron de tal forma que parecía imposible hacerlas callar.

Ya he dicho que esta linfa es un descubrimiento maravilloso.

Una reliquia del plioceno

(1901)

Me lavo las manos desde el principio en relación a él. No puedo avalar sus cuentos ni quiero ser responsable de ellos. Comprendan que realizo estas aclaraciones preliminares como protección de mi propia integridad. Ocupo cierta posición entre los míos y tengo esposa; así que por el buen nombre de la comunidad que honra mi existencia dándome su aprobación y por el bien de la posteridad de mi mujer, además de la mía, no puedo arriesgarme como hacía antes, ni favorecer las probabilidades con la temeraria imprevisión de la juventud. Por eso repito: me lavo las manos en relación con él, con este Nemrod, este cazador poderoso, este afable pecoso de ojos azules, Thomas Stevens.

Tras haber sido sincero conmigo mismo, y con cualquier rama de olivo futura que mi esposa tenga el placer de tenderme, ahora puedo permitirme el lujo de ser generoso. No criticaré los cuentos que Thomas Stevens me contó y, además, no revelaré mi opinión. Si se me pregunta por qué, solo puedo añadir que porque no la tengo. Durante mucho tiempo lo he reflexionado, ponderado y sopesado, pero mis conclusiones nunca han sido las mismas, ¡eso es!, porque Thomas Stevens es mucho más hombre que yo. Si ha contado la verdad, muy bien; si han sido falsedades, también bien. Porque, ¿quién puede demostrarlo? ¿O refutarlo? Yo me elimino de la proposición, mientras que quienes tienen poca fe pueden hacer lo que yo he hecho: ir a buscar al mencionado Thomas

Stevens y analizar con él los distintos asuntos que relataré si la suerte me lo permite. En cuanto a dónde se le puede encontrar, las indicaciones son muy sencillas: en cualquier lugar entre los 53° de latitud Norte y el Polo, por un lado y por el otro, en los terrenos de caza que se extienden entre la costa este de Siberia y la más lejana península de Labrador. Doy mi palabra de hombre honorable cuyas expectativas conllevan decir la verdad y vivir correctamente de que allí se encuentra, en algún lugar de ese territorio claramente definido.

Thomas Stevens puede haber jugado prodigiosamente con la verdad, pero cuando nos encontramos por primera vez (es necesario incidir en esto), él llegó deambulando a mi campamento cuando yo creía que me hallaba a mil quinientos kilómetros del puesto civilizado más alejado. Al ver su rostro humano, el primero en muchos meses agotadores, sentí la necesidad de levantarme de un brinco y darle un abrazo (aunque no soy un hombre efusivo); pero él se comportó como si aquella visita fuese lo más normal del mundo. Se acercó paseando a la luz de mi campamento —como suelen hacer los hombres que recorren los caminos ya trazados—, apartó a un lado mis raquetas de nieve y al otro un par de perros y así hizo sitio para sentarse junto a mi hoguera. Dijo que venía a pedirme prestada una pizca de bicarbonato y a ver si tenía tabaco decente. Sacó una pipa vieja, la llenó con esmero y, sin siquiera pedir permiso, birló la mitad del tabaco de mi petaca y lo pasó a la suya. Sí, era de buena calidad. Suspiró con la satisfacción de los justos y literalmente absorbió el humo de las hebras amarillas e incandescentes: mi corazón de fumador disfrutó al contemplarlo.

¿Cazador? ¿Trampero? ¿Buscador de oro? Se encogió de hombros. No, andaba dando vueltas por ahí, sin más. Había subido ya hacía tiempo desde el Gran Lago de los Esclavos y estaba pensando en acercarse hasta el territorio del Yukón. El factor de Koshim le había hablado de los descubrimientos del Klondike y se le había ocurrido ir a echar una ojeada. Me fijé en que se refería al Klondike en lengua vernácula y lo llamaba río Reindeer, una costumbre fatua que los veteranos despliegan contra los *chechaquos* y toda clase de novatos. Pero lo hizo de una forma tan ingenua y natural que no me molestó y no se lo tuve en cuenta. Dijo que, antes de cruzar la divisoria del Yukón, también quería hacer una escapada en dirección a Fort Good Hope.

Fort Good Hope queda muy al norte, pasado el Círculo, y se encuentra en un lugar que pocos hombres han hollado; por eso, cuando un granuja anodino surge de la nada en medio de la noche sin venir de ningún sitio en concreto para sentarse junto a tu hoguera y hablar empleando expresiones como "dar vueltas por ahí" y "hacer una escapada", ha llegado el momento de despertarse y sacudirse el sueño de encima. Por eso miré a mi alrededor; vi el toldo y, por debajo, las ramas de pino preparadas para extender sobre ellas las pieles de dormir; vi los sacos con la comida, la cámara, el aliento helado de los perros rodeando el límite del terreno cubierto por la luz y, por encima, la enorme serpentina de la aurora que unía el cénit de sureste a noroeste. Me estremecí. En la noche de la región septentrional hay una magia que nos acecha furtivamente como la fiebre de malaria en los pantanos. Antes de que te des cuenta, se ha apoderado de ti y no te suelta. Luego miré las raquetas de nieve, que yacían boca abajo y cruzadas, tal y como él las había dejado. También le eché un ojo a mi petaca. Se había esfumado la mitad de su abultada provisión. Ya no tenía duda: la imaginación no me había jugado una mala pasada.

Se ha vuelto loco de tanto pasarlo mal, pensé mientras lo miraba fijamente.

Es uno de esos corredores de estampidas chiflados que ha perdido el rumbo y vaga como un alma en pena por inmensidades sin fin y profundidades desconocidas. Bueno, pues dejemos que recupere el humor y así es posible que recobre la cordura. ¿Quién sabe? Tal vez el sonido de otra voz humana consiga que vuelva a ser el que era.

Así que le seguí la corriente y pronto me sentí maravillado porque me habló de la caza y los caminos de aquellas zonas lejanas. Había matado al lobo siberiano de la región más occidental de Alaska y al rebeco en las Rocosas secretas. Aseveraba conocer los lugares donde aún vagaban los últimos bisontes, haber corrido a los flancos de los caribúes cuando estos se desplazaban en manadas de cientos de miles de ejemplares y dormido en las grandes llanuras heladas, siguiendo el camino invernal del buey almizclero.

Cambié de opinión en consecuencia (esa fue la primera revisión, pero desde luego no la última) y lo consideré la efigie monumental de la verdad. No sé por qué, pero la situación me llevó a repetir un relato que me había contado un hombre que llevaba demasiado tiempo en la región como para saber por dónde andaba. Hablaba del oso enorme que nunca se aleja de las empinadas laderas del monte San Elías y jamás desciende a zonas más llanas. Dios creó a esa criatura para su hábitat de pendientes acusadas, de forma que las patas de un costado miden treinta centímetros más que las del otro. Eso le resulta muy conveniente, como cualquiera puede comprender. Así que decidí ser yo quien cazara a una bestia tan extraña y conté la historia en primera persona, en presente, describí el lugar, proporcioné los adornos y toques de verosimilitud necesarios y me dispuse a ver cómo mi cuento lo dejaba con la boca abierta.

Pero no. Si hubiese dudado, podría haberlo perdonado. Si hubiese puesto objeciones, negando los peligros de semejante caza debido a que el animal no podía girarse para cambiar de dirección, si lo hubiese hecho, podría haber estrechado su mano y reconocido que era un verdadero cazador. Pero no. Aspiró con fuerza, me miró, volvió a aspirar, alabó mi tabaco, apoyó uno de sus pies en mi regazo y me pidió que examinase su calzado. Se trataba de un *mucluc* de patrón indio, cosido con tendones y desprovisto de abalorios u otros adornos. Lo admirable era la propia piel. Su grosor de algo más de un centímetro me recordó la piel de morsa, pero allí se acababa el parecido, porque las morsas no tenían un pelo tan largo y maravilloso. En los laterales y tobillos, ese pelo estaba casi desgastado por completo, debido a los roces con la maleza y la nieve, pero por arriba y la zona más protegida de la parte de atrás se veía grueso, de un negro sucio y muy denso. Lo aparté con dificultad y miré debajo, en busca de la piel más fina que es común entre los animales del Norte, pero en este caso no la hallé. Sin embargo, esa falta quedaba compensada por el largo del pelo. De hecho, los mechones que habían resistido al desgaste y uso del camino medían entre quince y veinte centímetros.

Levanté la vista para mirar al hombre. Él bajó el pie y me preguntó:

—¿Tu oso del monte San Elías tenía una piel como esta?

Negué con la cabeza.

—Ni la he visto en ninguna otra criatura de tierra o mar —respondí con sinceridad. Su espesor y el largo del pelo me tenían perplejo.

—Esta —dijo sin el menor indicio de ganas de impresionar— es piel de mamut.

—¡Tonterías! —exclamé porque no pude contener mi descreimiento—. El mamut, mi querido amigo, hace mucho que se extinguió de la tierra. Sabemos que existió gracias a los restos fósiles que he-

mos desenterrado y por el cuerpo conge-
lado que el sol siberiano tuvo a bien de-
rretir y separar del seno de un glaciar, pero también sabemos que no existen espe-
címenes vivos. Nuestros exploradores...
Al oír esa palabra, me interrumpió, impa-
ciente.

—¿Vuestros exploradores? ¡Bah! Una
raza débil. No hablemos más de ellos. Pero cuéntame qué sabes tú de los mamuts y
sus costumbres.

Sin duda, de aquella forma allanaba
el camino para una de sus batallitas, así
que cebé mi anzuelo rebuscando en mi
memoria cualquier dato que pudiese po-
seer sobre el asunto en cuestión. Para
empezar, hice énfasis en que se trataba de
un animal prehistórico y organicé todos
los hechos apoyándome en eso. Mencioné

los bajíos siberianos, llenos de antiguos huesos de mamut; hablé de las enormes cantidades de marfil fósil que la compañía comercial de Alaska compraba a los *inuits*; y reconocí que yo mismo había desenterrado colmillos de algo más de dos metros de entre la grava y la arena de los arroyos de la zona del Klondike.

—Todos fósiles —concluí—, hallados entre los escombros depositados a lo largo de innumerables años.

—Recuerdo que, cuando era niño —Thomas Stevens aspiró (tenía una forma de aspirar desconcertante)—, vi una sandía petrificada. Así que, aunque hay personas equivocadas que se convencen de que en realidad pueden cultivarse y comerse, no existen las sandías extinguidas.

—Y está la cuestión de la comida —objeté sin hacer caso a su razonamiento, que resultaba pueril y sin sentido—. El suelo debe producir vida vegetal en pródiga abundancia para mantener criaturas tan gigantescas. En el Norte no hay tierras tan prolíficas, ergo el mamut no puede existir.

—No tendré en cuenta tu ignorancia relativa a muchos aspectos de la región septentrional porque eres joven y has viajado poco, pero al mismo tiempo me siento inclinado a darte la razón en una cosa. El mamut ya no existe. ¿Cómo lo sé? Porque maté al último con mis propias manos.

Así habló Nemrod, el cazador poderoso. Lancé un trozo de leña ardiendo a los perros para que dejaran de aullar y aguardé. Sin duda aquel mentiroso de singular acierto abriría la boca para vengarse de mi oso del San Elías.

—Ocurrió así —comenzó por fin, tras dejar transcurrir la cantidad adecuada de silencio—. Un día estaba yo acampado...

—¿Dónde? —interrumpí.

Hizo un gesto distraído con la mano en dirección noreste, donde se extendía una terra incógnita en cuya inmensidad pocos hombres se han internado y de la que aún menos han regresado.

—Un día estaba acampado con Klooch. Klooch era la *hamooks* más guapa que jamás haya aullado entre los tirantes o metido el hocico en la cacerola del campamento. Su padre era un *malamute* pura sangre de la Pastilik rusa, en el Mar de Bering, al que crucé, sabiendo lo que hacía, con una perra de patas largas y fornida, de la raza de la bahía de Hudson. Te aseguro que resultó una mezcla buenísima. Aquel día del que te hablo, acababa de parir tras dejarla preñada un lobo salvaje de los bosques, gris, de patas largas, impresionantes pulmones y una resistencia infinita. ¿Alguna vez viste cosa igual? Había creado una nueva raza de perro y esperaba obtener grandes resultados.

"Como he dicho, la perra acababa de parir sin problemas. Yo me había agachado junto a la camada, formada por siete cachorrillos ciegos, pero fornidos, cuando a mi espalda oí una especie de barrito y un estruendo impresionante. Se levantó una ráfaga de aire, como el ventarrón que pisa los talones a la lluvia, y me estaba incorporando cuando caí boca abajo. Al mismo tiempo oí a Klooch suspirar como hace un hombre cuando otro le clava el puño en el estómago. Puedes apostar lo que quieras a que me quedé quieto, aunque giré la cabeza y vi una mole gigantesca balanceándose por encima de mí. Luego volví a ver el azul del cielo y me levanté. Una montaña de carne cubierta de pelo desaparecía entre la maleza que rodeaba el claro. Pude ver sus cuartos traseros, en los que destacaba una cola rígida de contorno tan grande como mi cuerpo. Al instante siguiente ya solo se veía un agujero enorme en el matorral, aunque aún se percibía el mismo ruido que hace un tornado al alejarse: matorrales arrancados y rasgados y árboles partiéndose y cayendo.

"Busqué mi rifle. Lo había dejado en el suelo, con la boca apoyada en un tronco, pero la culata estaba aplastada, el cañón desalineado y el mecanismo roto en mil pedazos. Entonces busqué a la perra y... y ¿qué imaginas?

Yo negué con la cabeza.

—¡Que mi alma arda en mil infiernos si quedaba algún rastro de ella! Klooch y los siete cachorros ciegos y robustos habían desaparecido por completo. En la tierra blanda donde ella había yacido quedaba un hoyo sanguinolento y viscoso de un metro de diámetro y en los bordes algunos pelos dispersos.

Di dos zancadas sobre la nieve, dibujé un círculo alrededor y miré a Nemrod.

"La bestia medía nueve metros de largo por seis de alto —respondió—, y los colmillos superaban los cinco metros. No me podía creer lo que estaba pasando. Pero si dudaba de mis sentidos, allí tenía el rifle roto y el agujero en la maleza. También estaban, mejor dicho, ya no estaban, Klooch y los cachorros. Aún ahora, al recordarlo, me hierve la sangre. ¡Klooch! ¡Otra Eva! ¡La madre de una nueva raza! Y un viejo mamut desmandado y arrasándolo todo, como un segundo diluvio, se los lleva por delante y los borra de la faz de la tierra. ¿Te extraña si te digo que la tierra empapada de sangre clamaba a Dios? ¿O que agarré el hacha de mano y me fui tras la pista del animal?

—¿El hacha de mano? —exclamé, totalmente asombrado al imaginarme la escena— Un hacha de mano contra un mamut enorme de nueve metros de largo y seis de alto.

Nemrod compartió mi diversión y se rio entre dientes.

—¿A que es para morirse de risa? —exclamó—. ¿No te parece una locura? Muchas veces me he reído después, pero en aquel momento no me hizo ninguna gracia, ¡estaba tan enfadado por lo del rifle y lo de Klooch! ¡Piénsalo! Una raza totalmente nueva, sin clasificar, sin registrar, aniquilada antes de poder abrir los ojos o darse cuenta de que ya formaba parte del mundo. Bueno, así ha de ser. La vida está llena de decepciones y con razón. La carne sabe mejor después de una hambruna y el lecho parece más blando tras un viaje duro.

"Como te decía, salí tras la bestia

con el hacha y le seguí los pasos hasta el extremo inferior del valle. Pero cuando se dio la vuelta para dirigirse a la cabeza del mismo, yo me quedé sin aliento en la zona más baja. En cuanto a la comida, antes de seguir debería explicarte un par de cosas. Allí arriba, en medio de las montañas, existe una formación de lo más curiosa. Está lleno de pequeños valles que se parecen como gotas de agua, todos ellos bien escondidos entre paredes rocosas y empinadas que surgen por todas partes. En las zonas bajas siempre hay pequeñas aberturas creadas por la presión del drenaje o de los glaciares. La única forma de entrar es a través de esas bocas, todas pequeñas, algunas más que otras. En cuanto a la comida..., supongo que habrás chapoteado por las islas siempre pasadas por agua de la costa de Alaska hacia Sitka, teniendo en cuenta que eres un viajero. Así que sabrás cómo crecen allí las cosas: enormes, sabrosas y frondosas. Pues lo mismo ocurría en esos valles. La tierra era espesa y muy rica y aquello estaba lleno de helechos, hierbas y demás plantas más altas que yo. Durante los meses de verano llovía tres días de cada cuatro y había comida de sobra para mil mamuts, por no hablar de caza adecuada para el hombre.

"Pero, a lo que iba: en el extremo inferior del valle me quedé sin aliento y me rendí. Empecé a especular, porque al quedarme sin aliento mi cólera aumentó y supe que no descansaría tranquilo hasta que cenara asado de pata de mamut. También supe que eso implicaba *skookum mamook puka-puk*, disculpa mi *chinook*, quiero decir que la lucha iba a ser de las buenas. La boca de mi valle era muy estrecha y las paredes empinadas. En un lado, a lo alto, había una de esas grandes piedras vacilantes o movedizas, como las llaman algunos, que pesaría un par de toneladas. Lo que necesitaba. Regresé al campamento sin perder de vista al bicho para que no se me escapase y cogí la munición. No valía para nada con el rifle destrozado, así que vacié los cartuchos, coloqué la pólvora bajo la piedra y desencadené una explosión con una mecha larga. No era gran cosa, pero la vieja piedra se inclinó despacio y cayó donde tenía que caer, dejando espacio suficiente para que el arroyo drenase sin problemas. Ya lo tenía.

—Pero ¿cómo que lo tenías? —pregunté—. ¿Quién ha oído hablar de un hombre capaz de matar a un mamut con un hacha de mano? O, ya puestos, con cualquier otra cosa.

—¿Es que no te he dicho que estaba como loco? —contestó Nemrod, demostrando una ligera susceptibilidad—. Me había vuelto loco por lo de Klooch y el rifle. Además, ¿no era un cazador? Y aquel tipo de caza, ¿no era algo nuevo y de lo más inusual? ¿El hacha de mano? Bah. No la necesitaba. Escucha y oirás el relato de una forma de cazar como la que debió usarse cuando el mundo era joven y los hombres de las cavernas mataban con hachas de mano hechas de piedra. Una de esas también me habría servido. ¿No es cierto que el hombre puede superar al perro o al caballo? ¿Qué puede agotarlos con la inteligencia de su resistencia?

Asentí.

—¿Y bien?

Me picaba la curiosidad y quería que continuase.

—Mi valle tendría unos ocho kilómetros de circunferencia. La boca estaba cerrada. No había forma de salir. Aquel mamut era un animal tímido y estaba a mi merced. Volví a pillarle el rastro, grité como un demonio, le lancé piedras y le obligué a correr alrededor del valle tres veces antes de hacer un alto para cenar. ¿No lo ves? Era un circuito para hombre y mamut. Un hipódromo en el que arbitraban el sol, la luna y las estrellas.

"Me llevó dos meses hacerlo, pero lo hice. Y no fue nada sencillo. Le obligué a correr una y otra vez, ocupando yo siempre la parte interior del círculo, comiendo tasajo y bayas a la carrera, y echando de vez en cuando una cabezada. Por supuesto que a veces se desesperaba y se daba la vuelta para enfrentarse a mí. Entonces yo me dirigía a terreno blando, donde el arroyo se ensanchaba, lo ponía verde a él y toda su familia y lo retaba a ir a por mí. Pero era demasiado listo para quedarse atascado en el barro. En una ocasión me acorraló contra la pared, yo retrocedí arrastrándome al interior de una grieta profunda y esperé. Cuando tanteaba con la trompa para encontrarme, le golpeaba con el hacha hasta que se retiraba, tan enfadado que creí que me dejaría sordo con sus gritos y alaridos. Sabía que me tenía atrapado pero que no me tenía del todo y eso lo volvía loco. Pero no era tonto. Sabía que estaría a salvo mientras yo permaneciese en la grieta y decidió que me obligaría a permanecer allí. Iba bien encaminado, pero no había pensado en la intendencia. En aquella zona no tenía ni comida ni agua, así que no podría mantener el asedio demasiado tiempo. Se quedó durante horas frente a la grieta, vigilándome y espantando a los mosquitos con sus enormes orejas. Luego la sed lo dominó, se enfadó y bramó hasta hacer temblar la tierra y me llamó todo cuanto insulto se le ocurrió. Eso lo hacía para asustarme, claro, y cuando creía que me había impresionado lo bastante, retrocedía despacio e intentaba escabullirse hacia el arroyo. A veces lo dejaba llegar casi hasta el agua, a solo un par de cientos de metros, entonces salía y él regresaba corriendo moviéndose con pesadez. Tras repetir la jugada unas cuantas veces, él se dio cuenta y cambió de táctica. Comprendió el factor tiempo. Sin la más mínima advertencia se largaba hacia el agua como un loco, con la intención de ir y volver antes de que yo pudiera huir. Por fin, tras maldecirme de una forma impresionante, levantó el sitio y se marchó despacio hacia el bebedero, sin dejar de vigilarme.

"Esa fue la única vez que me acorraló él a mí, durante tres días, pero después de eso ya no se libró del hipódromo. Vueltas y más vueltas, como en una de esas carreras de resistencia, sin que él quisiera ceder y rendirse. Mi ropa se hizo jirones, pero no me detuve a arreglarla, hasta que al final corría desnudo como un hijo de la tierra, solo con el hacha en una mano y una piedra en la otra. Nunca me detenía, excepto para echar alguna cabezada mínima entre las rendijas y los salientes de los precipicios. En cuanto al mamut, fue adelgazando perceptiblemente, yo creo que perdió varias toneladas de peso, y se convirtió en un manojo de nervios. Cuando me encontraba con él y le gritaba o cuando le lanzaba una piedra desde lejos, saltaba como un potro asustadizo y temblaba de la cabeza a los pies. Luego se lanzaba a correr, agitando la trompa y la cola, muy estiradas, embistiendo con la cabeza, echando chispas por los malvados ojos e insultándome y maldiciéndome de una forma espantosa. Era una bestia muy inmoral, un asesino, un blasfemo.

"Pero hacia el final renunció a todo eso y se dedicó a gimotear y llorar como un bebé. Le había minado la moral y se convirtió en una montaña temblorosa de sufrimiento. A veces le daban palpitaciones y se tambaleaba como un borracho, se caía y se desollaba las espinillas. Después lloraba, pero sin dejar de correr. Incluso los dioses habrían llorado con él, y tú mismo y cualquier otro hombre. Daba pena, mucha pena, pero a mí solo me endurecía más el corazón y me llevaba a apretar el paso. Al final logré agotarlo y cayó

114

sin aliento, con el corazón destrozado, hambriento y muerto de sed. Cuando me aseguré de que no se movía lo desjarreté y me pasé casi todo el día arremetiendo contra él con el hacha, mientras él lloraba y sollozaba, hasta que logré abrirme camino en su cuerpo lo bastante como para rematarlo. Medía nueve metros de largo y seis de alto, y era posible extender una hamaca entre sus colmillos y dormir plácidamente. Excepto porque lo había dejado seco de tanto esfuerzo, su carne era bastante buena y solo las patas, bien asadas, podían alimentar durante un año a un hombre. Yo pasé allí todo el invierno.

—¿Y dónde está ese valle? —pregunté.

Hizo un gesto con la mano en dirección al noreste y dijo:

—Tu tabaco es muy bueno. Ahora me llevo una buena ración de él en la petaca, pero su recuerdo me acompañará hasta que muera. Como muestra de mi agradecimiento y a cambio de los mocasines que tú calzas, te regalaré estos muclucs. Conmemoran a Klooch y a los siete cachorrillos ciegos. También constituyen el recuerdo de un hecho sin precedentes en la historia: la destrucción de la raza animal más antigua de la tierra y de la más joven. Su mayor virtud consiste en que nunca se gastarán.

Tras efectuar el intercambio, vació las cenizas de la pipa, me estrechó la mano me deseo buenas noches y se alejó deambulando entre la nieve. En relación con este relato, sobre el que ya he declinado cualquier responsabilidad, recomendaría a quienes tienen poca fe que visiten el Instituto Smithsonian. Si llevan las credenciales adecuadas y no acuden en época de vacaciones, sin duda conseguirán que los reciba el profesor Dolvidson. Los *mu-clucs* están ahora en sus manos y él verificará, no la forma en que se obtuvieron, sino el material del que están hechos. Si él afirma que están hechos en piel de mamut, el mundo científico acepta su veredicto. ¿Qué más necesitan ustedes?

FIN

La sombra y el relámpago

(1903)

Cuando reflexiono, comprendo lo peculiar de aquella amistad. Uno era Lloyd Inwood, alto, esbelto, de magnífica contextura, nervioso y moreno. El otro, Paul Tichlorne, alto, esbelto, de magnífica contextura, nervioso y rubio.

Cada uno era la réplica del otro en todo, salvo en el color. Los ojos de Lloyd eran negros; los de Paul, azules. En momentos de excitación intensa, la sangre hacía asumir un tono oliváceo al rostro de Lloyd, carmesí al de Paul. Pero, fuera de esta cuestión de color, eran tan iguales como dos gotas de agua. Ambos estaban siempre tensos como las cuerdas de un violín, y vivían inclinados al exceso y a la resistencia, en un estado de desusada vivacidad. Pero había un tercero implicado en esta relación notable, y era bajo, grueso, rechoncho y perezoso y, lamento decirlo, era yo. Paul y Lloyd parecían nacidos para rivalizar entre sí, y yo para reconciliarlos. Los tres crecimos juntos, y muy a menudo yo recibí los golpes furibundos que cada uno de ellos le destinaba al otro. Siempre estaban compitiendo, luchando para sobrepasar al otro, y cuando entraban en este tipo de lucha, ni su empeño ni su pasión tenían límite.

Este intenso espíritu de rivalidad se manifestaba en sus estudios y en sus juegos. Si Paul memorizaba un canto de *Marmion*[2] Lloyd memorizaba dos, Paul replicaba con tres y Lloyd de nuevo con cuatro, hasta que cada uno se aprendía el poema entero de memoria. Recuerdo un

[2] Poema narrativo de Walter Scott.

incidente que ocurrió en el lugar donde íbamos a nadar —un incidente trágicamente significativo de la lucha mortal entre los dos—. Los muchachos de nuestro grupo teníamos un juego que consistía en sumergimos hasta el fondo de un estanque de más de tres metros de profundidad, para ver quién resistía más tiempo debajo del agua, tomado de alguna raíz.

Paul y Lloyd no pudieron sustraerse al desafío de descender juntos. Cuando vi la expresión resuelta y obstinada de sus rostros, tuve un presentimiento terrible. Los minutos se sucedían, las ondas se aquietaban, la superficie del estanque se tornó tranquila y calma, y ninguna cabeza, ni negra ni dorada, irrumpió en la superficie en busca de aire. Los que estábamos arriba nos preocupamos. El récord del muchacho con mayor capacidad respiratoria ya había sido superado, y todavía no había señales. Las burbujas de aire subían lentamente a la superficie, demostrando que los pulmones expelían; luego, también las burbujas cesaron. Cada segundo se hacía interminable; incapaz de soportar el suspenso, me zambullí.

Los encontré en el fondo, aferrados con fuerza a las raíces, con las cabezas a treinta centímetros de distancia, los ojos desmesuradamente abiertos, cada uno mirando fijamente al otro. Mientras se retorcían y contorsionaban en las torturas de una asfixia voluntaria, sufrían atrozmente; ninguno de los dos estaba dispuesto a abandonar y reconocerse derrotado. Intenté hacer soltar la raíz a Paul, pero se resistió furiosamente. Entonces perdí el aliento, y, muy asustado, subí a la superficie. Rápidamente expliqué la situación, y media docena de muchachos nos zambullimos. A la fuerza, los obligamos a soltarse. Cuando logramos sacarlos, los dos se habían desvanecido, y sólo después de hacerlos rodar, friccionarlos y golpetearlos, logramos que volvieran en sí. Si nadie hubiera intervenido, se hubieran ahogado allí mismo.

Cuando Paul Tichlome ingresó en la universidad, dejó creer a todos que iba a estudiar ciencias sociales. Lloyd Inwood, que ingresó en la misma época, eligió el mismo curso. Pero Paul siempre había pensado secretamente estudiar ciencias naturales, especializándose en química, y a último momento cambió de curso. Aunque Lloyd ya había arreglado su año de trabajo y asistido a sus primeras clases, inmediatamente siguió a Paul y se matriculó en ciencias naturales, en la especialidad química. La rivalidad entre ambos pronto se puso de manifiesto en la universidad. Cada uno era un acicate para el otro, y se dedicaron a la química con mayor profundidad que cualquier estudiante hasta ese momento —con tanta profundidad, en realidad, que cuando recibieron sus diplomas podían haber puesto en un aprieto a cualquier profesor de química o del instituto de agricultura de la universidad, con excepción del "viejo" Moss, director del departamento.

Más de una vez, hasta a él lo dejaron perplejo y admirado. El descubrimiento de Lloyd del "bacilo de la muerte" del sapo marino, y sus experimentos con cianuro de potasio, otorgaron fama mundial a su nombre y a la universidad. Pero Paul no se quedó ni un milímetro atrás cuando logró obtener en el laboratorio coloides que reproducían las actividades de la ameba, y cuando arrojó una luz sobre los procesos de fertilización a través de sus asombrosos experimentos con formas inferiores de vida marina, a las que aplicaba simples soluciones de cloruro de sodio y de magnesio.

Sin embargo, fue en sus días estudiantiles, en medio de sus inmersiones en los más profundos misterios de la química orgánica, cuando Doris van Benschoten apareció en sus vidas. Lloyd la conoció primero, pero en el lapso de veinticuatro horas Paul se las arregló para que le fuera presentada. Por supuesto, ambos se enamoraron de ella, y se convirtió en lo único por lo que valía la pena vivir. La cortejaron con igual fuego y pasión, y su lucha por ella fue tan intensa que la mitad del estudiantado comenzó a hacer desatinadas apuestas por el resultado. Hasta el "viejo" Moss, un día, después de haber asistido en su laboratorio privado a una sorprendente demostración de Paul, apostó un mes de sueldo a que Paul se casaba con Doris van Benschoten.

Al final ella resolvió el problema a su manera, con la aprobación de todos salvo la de sus dos pretendientes. Los reunió y les dijo que realmente no podía elegir entre los dos porque los amaba por igual; y que, lamentablemente, ya que la poliandria no estaba permitida en los Estados Unidos, se veía obligada a renunciar al honor y la felicidad de casarse con uno de los dos. Cada uno culpó al otro por este final lamentable, y el rencor entre los dos se acentuó. Pero las cosas llegaron bien pronto a la cúspide. Fue después de haber obtenido sus diplomas y de haberse apartado del mundo, cuando el principio del fin comenzó. Ambos eran hombres de fortuna, con pocos deseos y ninguna necesidad de desempeñar una vida profesional. Mi amistad y la animosidad que se profesaban eran las dos cosas que les unían. Si bien me venían a visitar muy a menudo, ponían un puntilloso cuidado en evitarse en esas visitas, aunque era inevitable, dadas las circunstancias, que coincidieran ocasionalmente.

El día a que me refiero, Paul Tichlorne había pasado toda la mañana en mi estudio, perdido en la lectura de una revista científica. Esto me permitió dedicarme a mis propios asuntos, y cuando llegó Lloyd Inwood yo estaba afuera entre mis rosas. Mientras recortaba, podaba y sujetaba las enredaderas en el porche, con la boca llena de clavos, Lloyd me seguía y me ayudaba de tanto en tanto. Comenzamos a discutir la mítica raza de los invisibles, esa extraña gente errante acerca de la cual la tradición ha conservado el recuerdo. Lloyd se entusiasmó con la conversación a su manera nerviosa, espasmódica, y muy pronto se puso a indagar en la naturaleza física y las posibilidades de la invisibilidad. Afirmó que un objeto perfectamente negro podía eludir y desafiar la visión más aguda.

—El color es una sensación —decía—. Carece de realidad objetiva. Sin luz, no podemos ver ni los colores ni los objetos mismos. Todos los objetos son negros en la oscuridad, y en la oscuridad es imposible verlos. Si ninguna luz choca contra ellos, entonces ninguna luz puede reflejarse ni volver al ojo, de manera que no tenemos ninguna manifestación visible de su existencia.

—Pero vemos objetos negros a la luz del día —objeté.

—Muy cierto —repuso acaloradamente—. Y eso es porque no son perfectamente negros. Si fueran perfectamente negros, absolutamente negros, no podríamos verlos. ¡No podríamos verlos ni en el esplendor de mil soles! De modo que yo digo que con los pigmentos apropiados, adecuadamente mezclados, se podría producir una pintura absolutamente negra que tornaría invisible cualquier objeto al que fuera aplicada.

—Sería un descubrimiento notable —dije sin comprometerme, porque toda la cuestión parecía demasiado fantasiosa, incapaz de conducir a nada que no fuera meramente especulativo.

—¡Notable! —Lloyd me dio una palmada en la espalda—. ¡Ya lo creo! Viejo, cubrirme con semejante pintura sería poner el mundo a mis pies. Los secretos de los reyes y las cortes serían míos, las maniobras de los especuladores de bolsa, los planes de los grupos y sociedades financieras. Tendría acceso a las pulsaciones internas de las cosas, y me convertiría en el mayor poder del mundo. Y yo... —se interrumpió bruscamente y luego agregó— bueno, ya he comenzado mi experimento y puedo decirte que estoy en la línea justa.

Una risa en el vano de la puerta nos sobresaltó. Paul Tichlorne estaba parado allí, con una sonrisa burlona en los labios.

—Te olvidas, mi querido Lloyd — dijo.

—¿Me olvido qué?

—Olvidas —siguió diciendo Paul— ah, olvidas la sombra.

El rostro de Lloyd se nubló pero respondió despectivamente: —Puedo usar una sombrilla, sabes—. Después lo encaró súbita y ferozmente: —Mira, Paul, si sabes lo que te conviene, será mejor que te mantengas alejado de esta cuestión—. La ruptura parecía inminente, pero Paul se rió con buen humor.

—No pienso poner las manos en tus sucios pigmentos. Aun cuando obtuvieras resultados superiores a tus expectativas más optimistas, siempre chocarías con la sombra. No puedes escaparle. Yo voy a proceder en la dirección opuesta. La sombra será eliminada de la naturaleza misma de mi teoría.

—¡La transparencia! —Lloyd profirió instantáneamente—. Pero no puede obtenerse.

—Oh, no; por supuesto que no. —Y Paul se encogió de hombros y se marchó por el sendero de rosas silvestres.

Este fue el comienzo. Ambos abordaron el problema con toda la tremenda energía que los caracterizaba, y con un rencor y encono que me hizo temer el éxito de uno de los dos. Cada uno depositó en mí la máxima confianza, y en las largas semanas de experimentación que siguieron me convertí en confidente de ambos, escuché sus teorías y presencié sus demostraciones. Pero nunca, ni con palabras, ni con señas de ningún otro tipo, transmití a uno el menor indicio del progreso del otro, y ambos me respetaron por mi silencio.

Lloyd Inwood, después de trabajar larga e ininterrumpidamente, tenía un extraño método para encontrar alivio cuando la tensión física y mental era excesiva: comenzó a frecuentar encuentros de pugilato. Fue durante el curso de una de esas brutales exhibiciones a la que me había arrastrado para comunicarme los últimos resultados de sus investigaciones, cuando su teoría recibió una confirmación sorprendente.

—¿Ves a aquel hombre de patillas rojas? —me preguntó, señalando a través del ring la quinta hilera de asientos del lado opuesto—. Y ¿ves a su vecino, el del sombrero blanco? Bueno, hay un cierto espacio entre los dos, ¿no es cierto?

—Seguro —contesté—. Están separados por un asiento. El asiento vacío es el claro entre los dos.

Lloyd se inclinó hacia mí y me habló seriamente.

—Entre el hombre de las patillas rojas y el del sombrero blanco está sentado Ben Wasson. Me has oído hablar de él. Es el mejor pugilista del país en su categoría. Además es negro, del Caribe, de pura raza, el más negro de los Estados Unidos. Tiene puesto un sobretodo negro completamente abotonado. Lo vi cuando entró y ocupó el asiento. Apenas se sentó, desapareció. Míralo con atención; tal vez sonría.

Ya iba a atravesar la sala para verificar la afirmación de Lloyd, pero este me contuvo.

—Espera— dijo.

Esperé y observé, hasta que el hombre de las patillas rojas dio vuelta la cabeza, como si se estuviera dirigiendo al asiento vacío; y entonces, en aquel lugar desocupado, vi girar lo blanco de un par de ojos, y la doble medialuna de dos filas de dientes blancos, y por un instante pude columbrar la cara de un negro. Pero cuando la sonrisa hubo terminado, también lo hizo su visibilidad, y el asiento volvió a parecer vacío.

—Si fuera perfectamente negro, podrías sentarte al lado de él sin verlo —dijo Lloyd; y confieso que la demostración me dejó casi convencido.

Después visité varias veces el laboratorio de Lloyd y lo encontré siempre empeñado en la búsqueda del negro absoluto. Sus experimentos se extendieron a toda clase de pigmentos, como el humo negro, el alquitrán, el tizne de grasas y aceites, y diversas sustancias vegetales y animales carbonizadas.

—La luz blanca se compone de los siete colores primarios —sostuvo—. Pero en sí misma, por sí misma es invisible. Sólo al ser reflejada por los objetos, esta y los objetos se vuelven visibles. Pero sólo se vuelve visible la parte reflejada. Por ejemplo, he aquí una tabaquera azul. La luz blanca da contra ella y, con una excepción, todos los colores que la componen —violeta, índigo, verde, amarillo, naranja y rojo— son absorbidos. La única excepción es el azul. No es absorbido sino reflejado. Por esa razón la tabaquera nos da la sensación de azul. No vemos los otros colores porque están absorbidos. Vemos sólo el azul. Por la misma razón, el pasto es verde. Las verdes olas de la luz blanca alcanzan nuestros ojos.

—Cuando pintamos nuestras casas, no les aplicamos color —me dijo en una oportunidad—. Lo que hacemos es aplicar ciertas sustancias que tienen la propiedad de absorber todos los colores de la luz blanca menos aquellos que queremos que tomen nuestras cosas. Cuando una sustancia refleja al ojo todos los colores, nos parece blanca. Cuando absorbe todos los colores, es negra. Pero, como dije antes, todavía no tenemos el negro perfecto. Todos los colores no son absorbidos. El negro perfecto, siempre que se guarde de una luz intensa, será total y absolutamente invisible. Mira eso, por ejemplo.

Señaló la paleta que estaba en su mesa de trabajo. Había pigmentos negros de diversos matices. A uno en particular sólo logré verlo con dificultad. Trasmitió a mis ojos una sensación borrosa, y yo me los froté y volví a mirar.

—Ese —me dijo solemnemente— es el negro más negro que tú o cualquier otro mortal hayan visto jamás. Pero espera, y obtendré un negro tan negro que nadie en el mundo logrará verlo, por mucho que lo mire.

Por otra parte, acostumbraba a encontrar a Paul Tichlorne sumergido profundamente en el estudio de la polarización de la luz, la difracción y la interferencia, la difracción simple y doble, y toda suerte de extraños compuestos orgánicos.

—La transparencia: un estado o cualidad del cuerpo que permite que todos los rayos de la luz lo atraviesen —fue la definición que me proporcionó—. Eso es lo que estoy buscando. Lloyd desatina con su opacidad perfecta. Pero yo la evito. Un cuerpo transparente no arroja sombra; tampoco refleja ondas luminosas —me refiero a la transparencia perfecta—. Por lo tanto, un cuerpo semejante, que evita la luz, no proyecta sombra alguna, sino que refleja luz y, en consecuencia, es invisible.

En otra ocasión, mientras nos hallábamos sentados junto a la ventana, Paul pulía algunas lentes que estaban alineadas en el antepecho. De pronto, después de una pausa en la conversación, dijo:

—Oh, se me cayó una lente. Saca la cabeza afuera, viejo, y fíjate adonde fue a parar.

Traté de asomar la cabeza, pero un golpe seco en la frente me obligó a retroceder. Me froté la frente lastimada, y miré con aire de reproche a Paul, que se reía gozoso como un chico.

—¿Y bien? —dijo.

—¿Y bien? —le hice eco.

—¿Por qué no investigas? —reclamó.

Y yo investigué. Antes de sacar la cabeza afuera, mis sentidos, automáticamente activos, me habían indicado que allí no había nada, que nada se interponía entre el exterior y yo, que la apertura de la ventana estaba totalmente vacía. Extendí la mano y percibí un objeto duro, liso, fresco y chato, que mi tacto me dijo que era vidrio. Miré de nuevo, pero no pude ver absolutamente nada.

—Arena blanca de cuarzo —dijo Paul rápidamente—, carbonato de sodio, cal muerta, vidrio desecho, peróxido de manganeso, ahí lo tienes, el mejor plato francés fabricado por la gran compañía St. Gobain que fabrica los mejores platos del mundo, y esta es la pieza más perfecta que hayan hecho jamás. Cuesta una fortuna. Pero ¡míralo! No puedes verlo. No sabes que está ahí hasta que te golpeas la cabeza contra él.

—Eh, mi viejo, pero esto no es más que un objeto para hacer demostraciones. Ciertos elementos, de por sí opacos, oportunamente mezclados, permiten obtener un cuerpo transparente. Pero estas, diría, son las propiedades de la química inorgánica. Muy cierto. Pero me atrevo a afirmar, parado aquí, sobre mis dos pies, que en lo orgánico puedo duplicar lo que ocurre en lo inorgánico.

—¡Aquí! —y me mostró a contraluz una probeta que contenía un líquido turbio y opaco. Vació en él el contenido de otra probeta, y casi inmediatamente el líquido se volvió claro y resplandeciente.

—¡O aquí! —con movimientos rápidos y nerviosos tomó una de sus probetas y transformó una solución blanca en una color vino, y una amarillo pálida en marrón oscuro. Dejó caer un pedacito de papel de tornasol en un ácido que se volvió instantáneamente rojo, después lo puso en un álcali y se volvió azul inmediatamente.

—El papel de tornasol es todavía papel de tornasol —expuso en el tono solemne de un conferencista—. No lo he convertido en otra cosa. Entonces ¿qué hice? Simplemente, cambié la disposición de las moléculas. Mientras primero absorbía todos los colores de la luz menos el rojo, su estructura molecular fue cambiada de modo tal que absorbió el rojo y todos los colores menos el azul. Y así, siguiendo hasta el infinito. Ahora, lo que me propongo hacer es lo siguiente. —Se detuvo un momento—. Me propongo descubrir los reactivos apropiados, que, actuando en el organismo viviente, produzcan cambios moleculares análogos a los que acabas de presenciar. Pero estos reactivos que voy a descubrir y sobre cuya pista estoy no van a cambiar la estructura molecular al azul o al rojo o al negro: le van a dar la transparencia. Toda la luz lo va a atravesar. Va a ser invisible. No va a arrojar ninguna sombra.

Unas semanas después salí de caza con Paul. Me había estado prometiendo desde hacía algún tiempo que tendría el placer de cazar con un perro extraordinario —el perro más extraordinario, en realidad, con el que jamás hombre alguno había cazado, así me lo aseguró y continuó asegurándomelo hasta que logró despertar mi curiosidad. Pero la mañana en cuestión me decepcioné, porque no había ningún perro a la vista.

—No se lo ve por acá —señaló Paul despreocupadamente, y salimos por los campos.

En ese momento yo no podía imaginar qué me estaba inquietando, pero tenía la sensación de alguna enfermedad mortal que me amenazaba. Tenía los nervios trastornados y, a partir de los sorprendentes trucos que habían desplegado ante mí, mis sentidos parecían enloquecidos. Me perturbaban sonidos extraños. A veces sentía el susurro del pasto pisoteado, y una vez ruido de pasos en una franja pedregosa de terreno.

—¿Escuchaste algo, Paul? —le pregunté en una oportunidad.

Pero él sacudió la cabeza y siguió caminando imperturbable.

Mientras trepábamos una cerca, escuché el gemido débil y ansioso de un perro, que provenía aparentemente de no más de dos pasos de distancia, pero al mirar en torno no vi nada.

Me dejé caer al suelo, débil y tembloroso.

—Paul —dije— mejor que volvamos a casa. Creo que estoy por enfermarme.

—Tonterías, mi viejo —me contestó—. Se te ha subido el sol a la cabeza como si fuera vino. En seguida vas a estar bien. El día es fantástico. Pero al pasar por un angosto sendero de álamos algo me rozó las piernas; tropecé y estuve a punto de caer. Me volví hacia Paul con súbita inquietud.

—¿Qué te pasa? —me preguntó—. ¿Tropezando con tus propios pies?

Mantuve la lengua entre los dientes y seguí caminando, pero estaba muy confuso y totalmente convencido de que una enfermedad sutil y misteriosa me había atacado los nervios. Hasta el momento, mi vista se había salvado; pero cuando llegamos a campo abierto otra vez, hasta la vista me traicionó. En el sendero delante de mí empezaron a aparecer y desaparecer extraños relámpagos multicolores, luces iridiscentes. Sin embargo, logré controlarme hasta que las luces multicolores persistieron durante unos veinte segundos, bailando y centelleando en un juego continuo. Entonces me senté, débil y vacilante.

—No puedo más —dije jadeando, mientras me cubría los ojos con las manos—. Me atacó los ojos, Paul. Llévame a casa.

Pero Paul se rió con ganas.

—¿Qué te dije? El perro más extraordinario, ¿eh? Bueno, ¿qué te parece?

Se volvió hasta el otro lado y empezó a silbar. Sentí ruido de pisadas, el jadeo de un animal acalorado, y el inconfundible gañido de un perro. Entonces Paul se agachó y aparentemente acarició el aire.

—¡Aquí! ¡Dame la mano!

Y pasó mi mano por la nariz fría y las quijadas de un perro. Indudablemente se trataba de un perro, con la estructura y el pelo liso y corto de un pointer.

Es innecesario decir que recuperé el ánimo de inmediato. Paul puso un collar en el cuello del animal y le ató su pañuelo a la cola. Y así nos fue otorgada la extraordinaria visión de un collar vacío y un pañuelo ondulante que saltaba por los campos. Era un espectáculo digno de verse el collar y el pañuelo que paraban una banda de codornices en un grupo de robinias y permanecían rígidos e inmóviles hasta que habíamos disparado a las aves.

De vez en cuando, el perro emitía los relámpagos de luces multicolores que he mencionado. Lo único que —Paul me explicó— no había previsto y que, no dudaba, podría subsanarse.

—Son una gran familia —dijo— estos perros del viento, arco iris, aureolas y *parhelinas*. Se producen por la refracción de la luz en los cristales minerales y del hielo, en la niebla, la lluvia, el rocío e infinidad de cosas; y me temo que sean la multa que debo pagar por la transparencia. Me escapé de la sombra de Lloyd sólo para vérmelas con el relámpago del arco iris.

Un par de días más tarde, antes de entrar al laboratorio de Paul, me topé con un hedor atroz. Era tan espantoso que me resultó fácil descubrir su proveniencia: una masa de una sustancia en putrefacción que en líneas generales se parecía a un perro.

Paul se alarmó después de analizar el hallazgo: era su perro invisible, o, mejor dicho, lo que había sido su perro invisible, porque ahora resultaba claramente visible. Había estado jugando por ahí hasta hacía pocos minutos, todo salud y vigor. Un examen más detenido reveló que el cráneo había sido aplastado por un fuerte golpe. Si bien resultaba extraño que el animal hubiera muerto, lo inexplicable era que se pudriera tan rápido.

—Los reactivos que le inyecté son inocuos —me explicó Paul—. Sin embargo son muy poderosos, y parece que cuando sobreviene la muerte provocan una descomposición casi instantánea. ¡Notable! ¡Sumamente notable! Bueno, lo único que hay que hacer es no morir. No causan daño mientras uno no muera. Pero me pregunto quién le aplastó la cabeza a este perro.

Sin embargo, la luz se hizo sobre esta cuestión cuando una atemorizada criada anunció que Gaffer Bedshaw había enloquecido violentamente esa misma mañana, hacía no más de una hora, y estaba amarrado en el pabellón de caza, donde deliraba acerca de una batalla que había librado contra una bestia feroz y gigantesca que había hallado en la pradera de Tichlorne. Sostenía que la cosa, fuera lo que fuera, era invisible, que había visto con sus propios ojos que era invisible; por lo cual su llorosa mujer e hijas sacudían la cabeza, lo que lo encolerizaba aún más, y el jardinero y el cochero le sujetaron las correas más fuerte todavía.

Mientras Paul Tichlorne profundizaba así el problema de la invisibilidad, Lloyd Inwood no se quedaba atrás. Fui a su casa en respuesta a un mensaje que me envió, en el que me pedía que lo visitara para mostrarme los progresos que estaba haciendo. Ahora su laboratorio ocupaba un lugar aislado en medio de sus vastas propiedades. Estaba construido en un agradable claro, rodeado de un espeso bosquecillo. Se llegaba a él tras recorrer un sendero sinuoso.

Yo había transitado tantas veces ese sendero que ya lo conocía a la perfección; imaginad entonces mi sorpresa cuando llegué al claro y no hallé laboratorio alguno. La primorosa construcción con su chimenea de piedra roja había desaparecido. No había señales de que jamás hubiera existido. Ni ruinas, ni escombros, nada.

Empecé a caminar hacia donde había estado el edificio. Aquí —me dije—

debería estar el escalón que conducía a la puerta.

Apenas había terminado de pronunciar estas palabras, cuando mi pie se topó con un obstáculo, tropecé hacia adelante y me golpeé la cabeza con algo que parecía muy similar a una puerta. Estiré la mano. Era una puerta. Encontré la perilla y la hice girar. E inmediatamente, cuando la puerta rotó sobre sus goznes, se me apareció íntegro ante la vista el interior del laboratorio. Saludé a Lloyd, cerré la puerta y retrocedí unos pasos por el sendero. El edificio no se veía. Cuando volví y abrí la puerta, todos los muebles y los detalles del interior se hicieron visibles inmediatamente. La súbita transición del vacío a la luz y la forma y el color resultaban sin duda sobrecogedores.

—¿Qué te parece, eh? —me preguntó Lloyd mientras me estrechaba la mano—. Pasé un par de manos de negro absoluto por el exterior ayer a la tarde, para ver qué tal funcionaba. ¿Cómo está tu cabeza? Te golpeaste bastante fuerte, me imagino.

—No importa eso —interrumpió mis felicitaciones—. Tengo algo mejor para ti.

Mientras hablaba empezó a desvestirse, y cuando estuvo desnudo delante de mí, me puso en las manos un pote y un pincel y me dijo:

—Dame una mano de esto.

Era una sustancia aceitosa, similar a la goma laca, que se extendía fácil y rápidamente sobre la piel y se secaba de inmediato.

—Una simple precaución preliminar —me explicó cuando hube terminado—.

Pero ahora pasemos a la verdadera sustancia.

Tomé otro pote que él me indicaba, y miré adentro pero no vi nada.

—Está vacío —dije.

—Mete un dedo.

Obedecí, y experimenté una sensación de humedad fría. Al sacar la mano miré el dedo índice, el que había sumergido, pero ya no estaba. Lo moví, y me di cuenta, por la tensión y relajación alternada de los músculos, que lo estaba moviendo, pero desafiaba a mi sentido de la vista. Aparentemente, me habían amputado un dedo; yo no tenía ninguna impresión visual del dedo hasta que lo extendí a la luz y vi su sombra claramente delineada contra el suelo.

Lloyd emitió una risita:

—Ahora, extiéndela y mantén los ojos abiertos.

Sumergí el pincel en el pote aparentemente vacío y le di una gran pincelada en el tórax. La carne iba desapareciendo bajo el pincel. Pinté su pierna izquierda y se convirtió en un hombre de una sola pierna que desafiaba todas las leyes de gravedad. Y entonces, pincelada tras pincelada, miembro tras miembro, pinté a Lloyd Inwood hacia la nada. Fue una experiencia pavorosa y me alegré cuando sólo quedaron a la vista sus llameantes ojos negros, aparentemente suspendidos en el aire.

—Tengo una solución refinada e inocua para ellos —dijo—. Una vaporización con un rociador, y ¡presto! ya no estoy.

Cumplida esta tarea con habilidad, dijo: —Ahora me voy a mover por la habitación, y tú dime qué sensaciones experimentas.

—En primer lugar no puedo verte —dije, y pude escuchar su alegre risa desde el centro del vacío—. Por supuesto —continué— no puedes escapar a tu sombra, pero eso era de esperarse. Cuando pasas entre mi vista y un objeto, el objeto desaparece, pero su desaparición es tan inusitada e incomprensible que me parece que tuviera la vista borrosa. Cuando te mueves rápidamente, la sucesión de estos fenómenos crea un efecto desconcertante. Esa sensación de trazos borrosos me hace doler los ojos y me cansa el cerebro.

—¿Tienes otros indicios de mi presencia?

—Sí y no —respondí—. Cuando estás cerca de mí tengo una sensación como la que producen los depósitos húmedos, las criptas sombrías y las minas profundas. Y así como los marinos presienten la tierra en las noches oscuras, creo que siento así la presencia de tu cuerpo. Pero todo esto es demasiado vago e intangible.

Charlamos mucho en su laboratorio esa última mañana; y cuando volví para irme, puso su mano invisible en la mía y la estrechó nerviosamente. Dijo:

—¡Ahora conquistaré el mundo!

Y no me atreví a decirle que Paul Tichlorne había obtenido un éxito análogo. En casa encontré una nota de Paul en la que me pedía que fuera inmediatamente, y ya era pasado el mediodía cuando llegué a su calzada privada en mi vehículo. Paul me llamó desde su cancha de tenis, y yo bajé y me dirigí a su lado. Pero el campo estaba vacío. Cuando estaba parado allí, con la boca abierta, una pelota de tenis me golpeó el brazo. Cuando me di vuelta, otra pelota de tenis pasó zumbando junto a mi oreja. Aunque no pude ver a mi atacante, las pelotas me llegaron desde el espacio, y debo advertir que realmente fui acribillado por ellas. Pero cuando las pelotas que ya me habían golpeado empezaron a volver, comprendí la situación. Asiendo una raqueta y manteniendo los ojos abiertos vi un relámpago de luces irisadas que aparecía y desaparecía, volando sobre la tierra. Me lancé tras él y cuando le hube asestado una media docena de sólidos golpes con la raqueta, escuché resonar en mis oídos la voz de Paul:

—¡Suficiente! ¡Suficiente! ¡Oh! ¡Ouch! ¡Ouch! ¡Basta! ¡Me estás golpeando en la piel desnuda, sabes! ¡Au! ¡Me voy a portar bien! ¡Me voy a portar bien! Sólo quería mostrarte mi metamorfosis —dijo lastimeramente, y me lo imaginé frotándose las heridas.

Pocos minutos después estábamos jugando al tenis con una cierta desventaja de mi parte, porque yo no podía conocer su posición, excepto cuando todos los ángulos entre él, el sol y yo estaban en la conjunción adecuada. Entonces y sólo entonces relampagueaba. Pero los relámpagos eran más brillantes que el arco iris: el azul más puro, el más delicado de los violetas, el amarillo más brillante y todas las tonalidades intermedias, con el brillo centelleante del diamante que enceguecía con su iridiscencia deslumbrante.

Pero en medio de nuestro juego sentí cierto frío desapacible, que me recordó las minas profundas y las tumbas lóbregas, un frío como el que había experimentado esa mañana. En seguida, cerca de la red, vi una pelota que saltaba en medio del aire, y al mismo tiempo, una veintena de pasos más allá, Paul Tichlorne emitió un relámpago irisado.

No podía ser él quien había hecho rebotar la pelota, y con un espantoso temor comprendí que Lloyd Inwood había entrado en escena. Para asegurarme, busqué su sombra, y allí estaba: la circunferencia de su cuerpo era un borrón informe que se movía bien visible sobre la tierra. Recordé su desafío, y tuve la certeza de que todos los largos años de rivalidad estaban a punto de culminar en una batalla sin precedentes.

Lancé a Paul un grito de advertencia; escuché un gruñido bestial, que recibió otro parecido como respuesta. Vi el oscuro manchón moverse rápidamente por la cancha de tenis, y un brillante estallido de luces multicolores que iba a su encuentro con igual celeridad; después el relámpago y la sombra se unieron y hubo el sonido sofocado de golpes invisibles. Ante mis ojos atemorizados, la red cayó. Me lancé hacia los contendientes gritando:

—¡Por el amor de Dios!

Pero sus cuerpos entrelazados golpearon contra mis rodillas y me derribaron.

—¡No te entrometas, viejo! — escuché la voz de Lloyd Inwood desde el vacío. Luego la voz de Paul gritando:

—¡Sí, ya hemos tenido bastante de reconciliaciones!

Por el lugar de donde provenían sus voces supe que se habían separado. No pude localizar a Paul, y me acerqué entonces a la sombra que representaba a Lloyd. Pero del otro lado me llegó un golpe en la mandíbula que me hizo tambalear, y escuché la voz de Paul que gritaba enfurecido:

—¿Vas a seguir entrometiéndote ahora?

Entonces se trenzaron de nuevo; el impacto de los golpes, los gemidos y jadeos que emitían, y los rápidos relámpagos y los repentinos movimientos de la sombra no dejaban lugar a dudas acerca de la ferocidad de la lucha.

Pedí ayuda a gritos, y Gaffer Bedshaw vino corriendo a la cancha de tenis. Mientras se acercaba noté que me miraba

166

extrañado, pero chocó con los contrincantes y se cayó de cabeza al suelo.

Con un alarido desesperado y un grito de:

—¡Oh, Señor, los tengo! —se puso de pie y salió corriendo enloquecido.

Nada podía hacer, de manera que me senté a mirar, fascinado e impotente. El sol del mediodía golpeaba con rayos implacables la cancha desnuda.

Y estaba desnuda. Todo lo que se podía ver era el manchón de la sombra y los relámpagos irisados, el polvo que levantaban los pies, invisibles, la tierra arrancada por el esfuerzo de la violenta lucha, y la red metálica que se combaba cada vez que los cuerpos golpeaban contra ella. Eso era todo, pero también cesó después de un tiempo.

No hubo más relámpagos, y la sombra ahora inmóvil asumió una forma alargada; recordé entonces la resolución que había en sus rostros infantiles cuando se aferraban a las raíces en la fresca profundidad del estanque.

Me encontraron una hora después. Los sirvientes tuvieron ciertos indicios de lo sucedido y abandonaron el servicio de Tichlome en bloque. Gaffer Bedshaw nunca se recuperó de la segunda impresión recibida y está confinado en un manicomio sin ninguna esperanza de cura. Los secretos de su maravilloso descubrimiento murieron con Lloyd y Paul, y los respectivos laboratorios fueron destruidos por sus desconsolados parientes. En cuanto a mí, ya no me interesa la investigación química, y la ciencia es un tema prohibido en mi casa. He vuelto a mis rosales. Los colores de la naturaleza me bastan.

FIN

El enemigo del mundo entero

(1908)

Estaba reservado a Silas Bannerman desenmascarar definitivamente a Emile Gluck, aquel científico brujo y enemigo del Mundo entero.

Las confesiones de Gluck en el momento de subir a la silla eléctrica, proyectan una viva luz sobre una serie de acontecimientos misteriosos y a veces sin relación aparente que conmovieron el mundo entre 19... y 19...

A pesar del carácter abominable de los actos de Emile Gluck, no se pude dejar de sentir una cierta compasión hacia este desafortunado genio, deformado y maltratado por el destino. Este ángulo de su biografía no ha sido nunca esbozado hasta el momento, pero a partir de su confesión y de los numerosos expedientes y anales de la época, podemos tener una idea bastante exacta de su persona y discernir los factores y las influencias que lo transformaron en un monstruo humano y lo arrojaron, sin cesar, al terrible laberinto en el que se internó.

Emile Gluck había nacido en Siracusa, en el Estado de New York. Su padre, agente de la policía secreta y vigilante nocturno, murió de una afección respiratoria. Su madre, graciosa y frágil criatura, modista antes de su matrimonio, murió de pena algún tiempo después, legando a su hijo una sensibilidad que debía de degenerar en una horrible morbidez.

A la edad de seis años, el pequeño Emile fue a vivir a casa de la Sra. Anne Bartell, su tía materna, pero desprovista de toda simpatía hacia este niño sensitivo e introvertido. Llena de vanidad y seca de corazón, esta mujer, por lo demás agobiada por la miseria y teniendo que soportar un marido vago e inútil, consideraba al pequeño Emile como una carga suplementaria, lo que se cuidaba de hacérselo notar. Citemos un ejemplo del trato que recibió en este primer y tierno período de formación.

Vivía con el matrimonio Bartell desde hacía más de un año, cuando se rompió una pierna. El accidente ocurrió cuando jugaba en el tejado a pesar de la prohibición expresa de su tía, como lo han hecho y lo seguirán haciendo todos los niños hasta el fin de los siglos. La pierna se partió por dos sitios, entre la rodilla y el muslo. Con la ayuda de sus compañeros asustados, Emile consiguió arrastrarse hasta el umbral de la casa, donde se desmayó. Los chiquillos del barrio temían a la arpía de rasgos duros que dirigía la casa. Sin embargo, armándose de valor, tiraron de la campanilla y avisaron a Anne Bartell del hecho. Sin mirar tan siquiera al pobre niño tendido en la acera, cerró la puerta violentamente y volvió a sus asuntos.

Pasó un rato, empezó a llover y Emile Gluck que había recobrado el conocimiento, lloraba impotente, bajo el chaparrón. La pierna habría tenido que ser curada inmediatamente. En las condiciones presentes, la inflamación se extendió rápidamente y el asunto tomó un mal cariz. Al cabo de dos horas, las vecinas indignadas estallaron en reproches contra Anne Bartell. Esta salió, miró al niño postrado, le propinó una patada en las costillas, y renegó de él dando gritos histéricos. Ya no le pertenecía, clamó.

Al final, aconsejó pedir una ambulancia para trasladarlo al hospital de la ciudad y volvió a su guarida.

Fue una transeúnte, Elizabeth Shep-stone, quien enterada del accidente, ayudó a postrar el niño sobre una tabla, llamó al médico por teléfono y luego, apartando de un codazo a la arpía, hizo entrar en la casa al doctor.

Cuando este llegó, Anne Bartell le advirtió inmediatamente que no pagaría su asistencia. Durante un mes el pequeño Emile estuvo inmovilizado, echado de espaldas sin poder moverse ni una sola vez: más tarde estuvo en cama treinta días más, abandonado y solitario, aparte de algunas visitas gratuitas del fatigado galeno.

Ningún juguete le ayudaba a pasar las horas monótonas, ninguna palabra amable le daba ánimo, ninguna mano tranquilizadora se posaba sobre su frente. No conocía más que los ásperos reproches de Anne Bartell repitiendo continuamente que su presencia en este Mundo era inútil.

En tales circunstancias, se comprenderá en un niño solitario y abandonado, la génesis de su amargura y de la hostilidad contra sus semejantes que más tarde debía de expresarse en actos capaces de aterrorizar el Mundo.

Sorprenderá probablemente que estando Anne Bartell, Emile Gluck hubiera recibido una instrucción superior. La explicación es muy fácil. El holgazán de su marido la plantó, dio con un rico yacimiento en los terrenos auríferos de Nevada, y regresó millonario.

Anne Bartell envió entonces inmediatamente al niño odiado a la Academia de Farrington, a unos cien kilómetros de distancia. Tímido y sensible, el niño incomprendido se sintió más solo que nunca.

No volvía a su casa como los demás durante las vacaciones y los días de fiesta; vagaba por los patios y los edificios desiertos, donde los jardineros lo abordaban sin llegar a comprender el porqué de su mutismo. Se recuerda que leía mucho, pasando los días por los campos o al lado de la chimenea, con la nariz metida en un libro cualquiera. Fue así como se le cansó la vista y tuvo que llevar aquellas gafas tan prominentes con las que apareció en

177

las fotografías que publicaron luego los periódicos.

Era un alumno brillante. Una capacidad tal habría tenido que llevarle lejos. Pero no tenía necesidad de aplicarse. Le bastaba echar un vistazo a un texto para hacerse dueño de él. Gracias a sus lecturas suplementarias, aprendía más en seis meses que un estudiante normal en el mismo número de años. Con apenas catorce años, estaba preparado —más que preparado, según los términos del rector de su academia— para entrar en la Universidad de Yale o de Harvard. Su juventud le impedía inscribirse. Por eso lo encontramos, más tarde, recién llegado al colegio de historia de Bovdain. Allí pasó brillantemente sus exámenes, luego siguió, en Berkeley, California, al profesor Bradlough, el único amigo que Emile Gluck conoció en su vida.

La debilidad de sus pulmones obligó al profesor a emigrar de Maine a California, y el cambio fue facilitado por la proposición de una cátedra en la universidad de este estado. Durante un año, Emile Gluck residió en Berkeley y siguió cursos especiales sobre ciencias. A finales de este año dos muertes modificaron su porvenir y su situación en la vida. La muerte del profesor Bradlough que le arrebató a su único amigo, y la de Anne Bartell que le dejó sin dinero. Rencorosa hasta el fin, le dejaba solamente cien dólares.

A los veinte años obtuvo un empleo de ayudante de química en la Universidad de California. Pasó allí unos años tranquilos, cumpliendo lealmente un trabajo que le permitía vivir y, continuando sus estudios, pasó una media docena de exámenes. Entre otros, obtuvo los diplomas de doctor en filosofía, en sociología y en ciencias; y más tarde el Mundo lo conocería únicamente bajo el nombre de profesor Gluck.

Tenía veintisiete años cuando se hizo notar en la prensa con la publicación de una obra titulada Sexo y Progreso. Este libro está considerado, todavía hoy, como un punto de referencia en la historia y la filosofía del matrimonio. Es un volumen de más de setecientas páginas, una obra laboriosa, minuciosa, y profundamente original, destinada a los sabios y en absoluto sensacionalista. Pero en el último capítulo, Gluck, en tres líneas apenas, dejaba entender las ventajas hipotéticas que representaría la institución de los matrimonios de prueba.

Inmediatamente los periódicos se lanzaron sobre estas tres líneas.

Los fotógrafos lo atraparon al paso, los reporteros lo asediaron, los clubs femeninos votaron resoluciones condenándolo por sus inmorales teorías. En la sesión de la Asamblea de California, en donde se discutía la apropiación de la universidad por el Estado, fue aprobada una moción pidiendo la expulsión de Gluck bajo amenaza de rehusar la apropiación.

Por descontado, ninguno de sus perseguidores había leído el libro: la cita de aquellas tres líneas deformadas por los periódicos bastaba. De ahí nació el odio de Gluck hacia los periodistas, gracias a los cuales su obra de seis años, seria y de un valor real, se convirtió en objeto de burla, de malsana notoriedad. Hasta el día de su muerte no les perdonó, lo que lamentarán eternamente.

Fueron también los periodistas los responsables de su inminente desastre. Durante cinco años después de la publicación de su libro, no dijo una sola palabra; y el silencio no es bueno para un solitario. Podemos compadecernos de la terrible situación de Emile Gluck en esta gran universidad en donde no encontraba amistad ni simpatía. Los libros representaban su único refugio, y seguía leyendo y aprendiendo enormemente.

Algunos años más tarde aceptó una invitación para comparecer ante la "Sociedad de los Intereses del Hombre", de

Emerryville. No se arriesgó a hablar, pero escribiendo estas líneas, tenemos bajo los ojos un ejemplo de su "memorial", que merece las calificaciones de sobrio, sabio y científico, hasta se podía decir, conservador.

Pero en un determinado pasaje se trata, cito textualmente, de la "revolución industrial y social que se produce en la sociedad". Un reportero presente saltó sobre la palabra "revolución", la aisló del texto y dio a la luz un artículo perverso, representando a Emile Gluck como un anarquista. Inmediatamente la rúbrica "El profesor Gluck anarquista" voló por los hilos telegráficos y fue reproducida por todos los periódicos.

Había intentado, en una primera etapa, responder al primer ataque, pero esta vez guardó silencio. La amargura le había corroído el alma. La Facultad le aconsejó defenderse. Rehusando la invitación, no quiso tan siquiera remitir una copia de su "memorial" para evitar la expulsión. Se negó igualmente a dimitir y fue expulsado de la Universidad. Debemos añadir que se había ejercido una presión política sobre los dirigentes y sobre el rector de la Universidad.

Perseguido, ridiculizado e incomprendido, el desafortunado no intentó vengarse. Durante toda su vida habían pecado contra él, mientras que él nunca había pecado contra nadie. Pero su copa de amargura no se encontraba todavía a punto de desbordarse. Habiendo perdido su colocación y careciendo de rentas, tuvo que buscar trabajo. Encontró un primer empleo en los Talleres Metalúrgicos de la Unión de San Francisco en donde se mostró un hábil dibujante, y adquirió, de primera mano, los informes sobre la construcción de acorazados. Pero los periodistas lo descubrieron y lo caricaturizaron en su nueva profesión. Dimitió inmediatamente y encontró otro empleo. Sin embargo, cuando los reporteros lo hubieron echado de media docena de colocaciones, se irguió para desafiar la persecución de los periódicos.

Abrió entonces un taller de galvanoplastia en Oakland, en Telegraph Avenue. En una pequeña tienda en la que tenía empleados a tres operarios y a dos aprendices. El mismo trabajaba durante largas horas.

Como testimonió más tarde el agente de policía Carew en el estrado del tribunal, no dejaba su trabajo hasta la una o las dos de la madrugada, en esta época perfeccionó el encendido de los motores a gas, y con las patentes de dicho invento acabó por enriquecerse.

En el transcurso de este año, cobró un desgraciado afecto hacia Irene Tackley.

Es de imaginar que un ser tan anormal como Emile Gluck tenía que, ser un amante extraordinario. Además de su genio, de su aislamiento y de su morbidez, hay que tener en cuenta el hecho de que no sabía nada de las mujeres. Aunque su alma había sido invadida por vagos deseos, no sabía en absoluto expresarlos en términos convencionales; por otro lado su excesiva timidez debía de complicar su forma de cortejar a una mujer.

Irene Tackley era una muchacha bas-tante bonita pero superficial y ligera de cascos. En esta época trabajaba en una pequeña confitería situada frente al taller de Gluck. Este adquirió la costumbre de entrar en la confitería y beber limonada y bebidas heladas mirándola fijamente. La muchacha no parecía fijarse en él pero se divertía con este juego. Ella lo calificaba de tipo raro, a veces hasta de chiflado, explicando así su manera de quedarse plantado delante del mostrador, mirándola perseverantemente a través de sus gafas, de embrollarse cuando ella lo miraba, y hasta de salir precipitadamente de la tienda en el paroxismo de la confusión.

Gluck le prodigó los regalos más heterogéneos... un servicio de té de plata, un anillo de diamantes, pieles, unos anteojos de teatro, una pesada Historia del Mundo en varios volúmenes, una motocicleta hecha en su propio taller, toda contrachapada de plata.

A todo esto el pretendiente de la muchacha entra en escena, se interpone en este pequeño juego, manifiesta una gran cólera y le obliga a devolver a Gluck sus extraños presentes.

William Sherbourne, era un tipo grosero y limitado. Un obrero rudo convertido en contratista de obras. Gluck no entendía la situación. Deseando pedir explicaciones a la bella chica, intentó hablarle una tarde cuando volvía del trabajo. Ella se fue a quejar a Sherbourne. A la tarde siguiente este le dio una paliza a Gluck, y con una mano dura, pues las historias del hospital de la Cruz Roja mencionan que Gluck fue admitido aquella tarde y no se fue hasta al cabo de una semana.

Gluck no acababa de comprender. Se obstinaba en pedir explicaciones a la muchacha.

Temiendo la brutalidad de Sherbourne, pidió autorización al jefe de policía para llevar un revólver. El permiso le fue negado, y, como de costumbre, los periódicos comentaron el incidente con grandes titulares.

A esto siguió el asesinato de Irene Tackley, seis días antes de su boda con Sherbourne. Un sábado por la noche, después de haber estado hasta tarde en la confitería. Irene se fue a su casa a las once tocadas. Cogió el tranvía de la avenida San Pablo hasta la calle treinta y cuatro y se dirigió a su alojamiento, tres manzanas más lejos.

No se la volvió a ver con vida. Al día siguiente fue descubierta estrangulada en un descampado.

Emile Gluck fue detenido inmediatamente. No hubo manera de arreglarlo. Fue declarado culpable no sólo según testimonios accesorios sino también otros inventados por la policía de Oakland. Indiscutiblemente, gran parte de estas presunciones fueron fabricadas a conciencia. La declaración del capitán Shehan constituía un puro y simple perjurio, ya que más tarde fue demostrado que en la noche en cuestión el testigo no se encontraba por los alrededores del lugar del crimen, sino que estaba fuera de la ciudad, en una casa situada en la carretera de San Leandro.

El desgraciado Gluck fue condenado a cadena perpetua en la cárcel de San Quintín, mientras que los periódicos y el público gritaban que no se había hecho justicia y exclamaban que debían de haberlo condenado a muerte.

Gluck entró en la cárcel a los treinta y cuatro años. Durante tres años estuvo en una celda y pudo meditar con tiempo sobre la injusticia humana. Durante este tiempo la amargura le roía el corazón y le inspiró un gran odio hacia todos sus semejantes. Al tiempo escribió su famoso Tratado sobre la Moral Humana así como un pequeño libro llamado El criminal sanó, y elaboró su espantoso y monstruoso plan de venganza.

La forma en que debía realizar este proyecto le había sido sugerida por un episodio acaecido en su taller de galvanoplastia. Como debía declararlo en su confesión, imaginó todos los detalles durante su reclusión, lo que le permitió, una vez puesto en libertad, entregarse por completo a su venganza.

Su puesta en libertad causó sensación, Pero fue retrasada ilegalmente a causa del espíritu administrativo todavía en boga. Una noche de febrero, un bandido llamado Tim Haswell resultó herido cuando intentaba atracar a un ciudadano de Piedmint Heighs. Tardó tres días en morir y se declaró culpable del asesinato de Irene Tackley, con pruebas evidentes.

Un tal Bert Denniker que también languidecía de una enfermedad del pecho en la cárcel de Folson se encontró implicado como cómplice e hizo declaraciones completas a su vez.

Los procedimientos absurdos y dilatorios de la justicia americana a lo largo de la generación precedente nos parecen hoy en día inconcebibles. Emile Gluck, cuya inocencia había sido reconocida públicamente en febrero, no fue liberado hasta octubre. Durante ocho meses la víctima de un error judicial tan grave tuvo que soportar un castigo inmerecido. Un trato semejante no era el más adecuado para aliviar aquella alma herida.

Gluck volvió al Mundo en otoño del mismo año y, como siempre, dicha liberación facilitó nuevos argumentos sensacionalistas a la prensa yanqui. En lugar de expresar su sincero pesar, los periódicos reemprendieron su persecución. El San Francisco Intelligencer fue todavía más lejos; John Hartwell, su director, elaboró una ingeniosa campaña en la que se quitaba toda importancia a las confesiones de los criminales y trataba de demostrar que Gluck, después de todo, era el responsable del asesinato de Irene Tackley.

Mientras tanto, uno tras otro, Hartwell murió. Sherbourne también, y el agente de policía Phillips, recibió un balazo en la acera delante de la casa de Sherbourne. Pretendía que alguien le había disparado en la pierna, por detrás. El miembro en cuestión estaba tan destrozado por tres balas del calibre 38, que hubo que amputarlo inevitablemente.

Pero cuando la policía descubrió que las heridas provenían del propio revólver del agente, estalló una gran risotada y el hombre fue acusado de haberse corrido una juerga.

A despecho de sus protestas de templanza y de sus afirmaciones de que el revólver se encontraba en el bolsillo sobre su cadera y que no lo había tocado, fue expulsado de la policía.

Las confesiones de Emile Gluck, seis años después, debían de lavar el honor del desgraciado agente que, todavía hoy vive en perfecto estado de salud y recibe una razonable pensión del municipio.

Emile Gluck, después de haberse desembarazado de sus enemigos inmediatos, amplió su campo de acción, así como su enemistad hacia los periodistas, y la policía permaneció constantemente activa. Los derechos provenientes de su invención de encendido de motores a gas se acumularon durante su detención, y los beneficios de su nuevo sistema crecían de año en año. Poseía la independencia material, podía viajar a su gusto por todo el Mundo y saciar su monstruosa sed de venganza. Se convirtió en monógamo y anarquista, no de un anarquismo filosófico sino del de la acción militante. Podríamos describirlo más exactamente como nihilista. Se sabía que no estaba afiliado a ningún grupo terrorista. Trabajaba absolutamente solo, pero inspiraba cien veces más terror y acumulaba mil veces más ruinas que todos los grupos terroristas juntos.

Hizo notar su marcha a California haciendo saltar el fuerte Mason. En sus confesiones, habló de ello como de una pequeña experiencia, llevada a cabo para entretenerse. Durante ocho años, recorrió la Tierra un objeto que causó un misterioso terror, destruyendo innumerables vidas y propiedades valoradas en centenares de millones de dólares.

Uno de los peores resultados de sus temibles fechorías fueron los destrozos que produjo entre los propios terroristas. Después de cada una de sus hazañas, la policía hacía una redada y cogía a todos los terroristas de los alrededores, y muchos de ellos fueron ejecutados.

Quizás la más sorprendente de sus hazañas fue el asesinato del rey y del primer ministro de Portugal, el mismo día

197

del matrimonio del primero. Todas las precauciones posibles fueron tomadas contra los terroristas y un doble cordón de guardias jalonaban la ruta que debía seguir el cortejo nupcial, mientras que un escuadrón de doscientos hombres a caballo rodeaban la carroza. De pronto, los fusiles y las carabinas automáticas de los soldados comenzaron a dispararse, y en la confusión que siguió, los cañones de estas armas apuntaron en todas las direcciones. La masacre fue terrible: caballos, soldados, espectadores, rey y reina fueron acribillados a balazos. Para colmo, entre la masa situada detrás del cordón de tropas, a dos terroristas provistos de bombas, que proyectaban lanzar en la ocasión, les explotaron sobre ellos mismos.

¿Quién podía prever una cosa semejante? Los espantosos estragos producidos por estos ingenios no hicieron más que ayudar a la confusión, y el incidente fue considerado como parte de un plan de ataque.

Parecía imposible que todos estos soldados, cuyas armas se disparaban, estuvieran mezclados en algún complot, y no obstante, sus balas habían matado centenares de personas, además de a la pareja real.

El enigma se complicaba aún más por el hecho de que el setenta por ciento de los soldados habían resultado muertos o heridos. Algunos emitieron la hipótesis de que las tropas reales, viendo que sus soberanos eran atacados, habían abierto fuego contra los traidores. Pero no se pudo arrancar de los supervivientes, ni siquiera con la tortura, la menor confirmación de esta hipótesis: todos se obstinaban en repetir que no habían disparado y que sus armas lo habían hecho; solas.

Sus afirmaciones provocaron la risa de los químicos. En rigor, se podía suponer, decían, que una sola bala cargada de la nueva pólvora sin humo se inflamara sola, pero estaba fuera de toda posibilidad o de probabilidad que se produjera, en un aire determinado, una deflagración espontánea y simultáneamente de todas las balas de este modelo.

En fin de cuentas, no se encontró ninguna explicación razonable a este acontecimiento extraordinario. La opinión general del resto del Mundo fue que el asunto se resumía a un pánico ciego de todos aquellos latinos enfebrecidos, determinado ciertamente por la explosión de dos bombas terroristas, y, a este propósito, se evocó el cómico encuentro acaecido dos años antes entre la flota rusa y una flotilla de pesca inglesa.

Emile Gluk sonrió maliciosamente y siguió su plan, sabía cosas que eran ignoradas por el resto del Mundo.

Había descubierto su secreto en un viejo taller de galvanoplastia cerca de Telegraph Avenue de Oakland. En esta época un poste de telegrafía sin hilos fue instalado a poca distancia de su tienda por Thurston Power Company, y su cubeta de electrodos no tardó en deteriorarse. Gluk encontró muchos contactos defectuosos y examinándolos encontró minúsculas soldaduras en las junturas de los hilos, que, debilitando la resistencia, dejaban pasar una corriente demasiado fuerte a través de la solución, haciéndola "hervir" y estropeándose el trabajo. Pero lo que preocupaba al espíritu de Gluck era la causa de estas rebabas.

Hizo un razonamiento muy simple. Antes del restablecimiento del poste sin hilos, la cubeta funcionaba perfectamente: desde entonces estaba fuera de uso. Había una relación entre causa y efecto, pero ¿cuál? El problema fue resuelto rápidamente. Si una descarga eléctrica podía accionar un conectador a través de las tres mil millas del Océano, las descargas eléctricas de un poste sin hilos debían ser capaces de producir efectos cohesivos en las juntas en mal estado de una cubeta galvanoplástica.

De momento, Gluck no se preocupó

demasiado, se contentó con reemplazar los hilos y continuó su plateado. Pero más tarde, en prisión, se acordó del incidente y se dio cuenta en un instante de toda su importancia.

Acababa de encontrar el arma silenciosa y secreta que le permitiría vengarse del mundo entero. Su descubrimiento, que murió con él, lo convertiría en maestro de la dirección y de la distancia de la descarga eléctrica. En esta época, este problema no estaba resuelto — tampoco lo está todavía en la nuestra— pero Emile Gluck encontró la solución en su celda, y la aplicó después de su puesta en libertad.

Le resultaba relativamente fácil introducir una chispa en la reserva de un fuerte, en el pañol de un acorazado o en las balas de un revólver; y, a distancia, podía no sólo inflamar la pólvora, también podía encender braseros. Fue él quien provocó el gran incendio de Boston, por puro accidente, como luego declaró en sus confesiones, añadiendo por otra parte, que se había alegrado de esta catástrofe y que no la había lamentado nunca.

Fue de nuevo él quien ocasionó la terrible guerra entre Alemania y América al precio de 800.000 vidas humanas e incalculables gastos. Se recuerda que después del incidente Pickard, las relaciones entre los dos países eran extremadamente tensas. No obstante Alemania, aunque se encontraba molesta, no deseaba la guerra. Como prueba de sus intenciones pacíficas, envió en visita a siete acorazados a los Estados Unidos. En la noche del 15 de febrero, la flota estaba anclada en el Hudson, frente a New York. Esta misma noche, Emile Gluck se hallaba solo con su aparato en una lancha de vapor. Se supo luego que había comprado la lancha a la compañía Rose Turner y la mayor parte de sus aparatos eléctricos a la Compañía Columbia, pero, entonces se ignoraba. Hay un hecho cierto: los siete acorazados saltaron uno tras otro, a intervalos regulares de cuatro minutos y el noventa por ciento de la tripulación y oficiales perecieron.

Algunos años más tarde, el Maine, acorazado norteamericano, había saltado en el puerto de La Habana, a lo que siguió una guerra entre los Estados Unidos y España, aunque siempre se había puesto en duda si la explosión había sido debida a un complot o a un accidente. Pero ningún accidente podía explicar la destrucción de siete acorazados en el Hudson a intervalos de cuatro minutos. Alemania creyó ver en ello la obra de un submarino y declaró inmediatamente la guerra. Sería seis meses después de las confesiones de Gluck cuando Alemania devolvió a los Estados Unidos las islas Filipinas y las islas Sándwich.

Sin embargo el odioso y maléfico brujo proseguía su carrera de destrucción pero no dejaba huellas, las borraba metódicamente. Su método consistía en alquilar una habitación o una casa en donde instalaba en secreto sus aparatos —los había perfeccionado y simplificado hasta tal extremo que no ocupaban mucho sitio—. Una vez realizada su fechoría se apresuraba en mudarse. Todo hacía suponer que iba a prolongar indefinidamente su vida de horrible criminal.

La descarga simultánea de las pistolas de los agentes de policía de New York fue un hecho destacado entre los espantosos misterios de aquella época. En dos semanas, más de un centenar de policías fueron heridos en las piernas por la explosión de sus propios revólveres. El inspector Jones no pudo resolver el enigma, pero concibió una idea que hizo fracasar los planes de Gluck. Bajo su recomendación, los agentes dejaron de portar sus revólveres y ya no hubo más accidentes.

A principios de la primavera, Gluck destruyó el arsenal marítimo de Mare Island. Desde una habitación situada en Vallejo, lanzaba sus descargas eléctricas a través del estrecho. Lanzó primero sus rayos contra el acorazado Maryland amarrado en el muelle de los depósitos de minas. A proa, sobre una gran plataforma provisional había más de cien minas destinadas a la defensa del Golden Gate y capaces de destruir, cada una, una docena de acorazados.

La explosión fue terrorífica, pero no representaba más que el preludio de Gluck. Luego sus rayos arrasaron la costa de Mare Island, hicieron estallar cinco torpederos, el depósito de torpedos y el inmenso almacén situado en el extremo oriental de la isla. Volviendo hacia el oeste y fulminando a su paso algunos almacenes aislados sobre las colinas más próximas, hizo explotar tres cruceros y los acorazados Oregón, Delaware, New Hampshire, y Florida, que acababa de entrar en dique seco y cuyo sobredique fue destruido, igual que el barco. Al darse la noticia de esta espantosa catástrofe, un estremecimiento de horror recorrió el país. Pero esto no era nada comparado con lo que iba a venir.

A finales de otoño, Emile Gluck barrió a fondo la costa atlántica de Maine hasta Florida. Fuertes, almacenes, depósitos de torpedos, minas y defensas costeras, todo saltó. Tres meses después, en pleno invierno, limpió de la misma manera las costas septentrionales del Mediterráneo.

Un coro de lamentaciones se elevó de entre los pueblos. Se hacía evidente que una voluntad humana maniobraba todas aquellas destrucciones y no menos evidente era, gracias a la imparcialidad del autor, que no se trataba de la obra de ninguna nación en particular. Cualquiera que fuera aquel ser humano representaba una amenaza para el Mundo entero. Ninguna nación se encontraba a salvo, no existía ninguna defensa contra aquel enemigo invisible y todopoderoso. La guerra no era sólo inútil sino que constituía por ella misma la esencia del peligro.

La fabricación de explosivos fue suspendida durante un año, los soldados fueron retirados de los cuarteles, y los marinos de los barcos de guerra. Hasta se trató seriamente la cuestión de un desarme general aquel mismo año.

En esta coyuntura, Silas Bannerman, agente de la policía federal de los Estados Unidos, edificó de un solo golpe su reputación mundial deteniendo al criminal.

En un principio se burlaron del detective, pero este había combinado bien el golpe y al cabo de algunas semanas la culpabilidad de Gluck se imponía incluso a los más escépticos.

La única cosa que Silas Bannerman no pudo explicar nunca, ni para su propia satisfacción, fue la manera en que se estableció en su espíritu por primera vez la relación entre Gluck y aquellos crímenes atroces. Bannerman se encontraba en misión secreta por un asunto totalmente distinto, en Vallejo en el momento de la destrucción del Mare Island y parece que alguien le señaló a Emile Gluck en la calle como a un personaje excéntrico, pero no le prestó demasiada atención.

Fue más tarde cuando Bannerman, de vacaciones en las Montañas Rocosas y leyendo los primeros informes sobre la devastación llevada a cabo en la costa atlántica, pensó de súbito en Emile Gluck. Al momento se estableció en su mente una relación entre las destrucciones y el extraño individuo. Esta pura hipótesis, concebida en su cerebro por una operación inconsciente, bastó, como la caída de la manzana bastó a Newton para determinar las Leyes de la gravedad.

El resto no fue fácil. Bannerman se preguntó en donde se encontraba Gluck en el momento de la catástrofe en la costa del Atlántico. Encargado del asunto por petición propia, no tardó en descubrir las idas y venidas del personaje a las costas por este período. Al mismo tiempo se aseguró de que Gluck residía en New York durante la vorágine de tiros desencadenada sobre los agentes de policía.

¿Dónde vivía ahora?, se preguntó luego Bannerman.

Como respuesta, se enteró de las ruinas acumuladas en las orillas del Mediterráneo. Gluck había embarcado hacia Europa un mes antes: Bannerman lo sabía y no tuvo necesidad de seguirlo. Mediante cablegramas y en colaboración con la policía secreta de Europa, reconstruyó el itinerario de Gluck a lo largo del Mediterráneo y supo que coincidía punto por punto con la destrucción de muchos barcos. Asimismo le dijeron que Gluck acababa de embarcar para los Estados Unidos, en el Plutonic, uno de los barcos de la Compañía Green Star.

El misterio estaba aclarado en el espíritu de Bannerman, pero aprovechó los días de espera para estudiar los detalles con la ayuda inestimable de George Brown, operador al servicio de la empresa Systeme Wood dedicada a la telegrafía sin hilos.

Cuando el Plutonic ancló delante de Sandy Hook, Bannerman le esperaba en un remolcador del gobierno. Subió a bordo y Emile Gluck fue arrestado. Siguieron el juicio y las confesiones. En su confesión Gluck dijo que sólo se arrepentía de una cosa: de haber tomado con calma la realización de sus fechorías. Declaró que si hubiese llegado a imaginar la posibilidad de ser descubierto, habría activado su obra amontonando mil veces más las ruinas por todos los países de la Tierra.

Su secreto murió con él, aunque es

sabido que el gobierno francés logró enterarse de algo y le ofreció veinte mil millones si quería vender el secreto de la investigación que le permitía dirigir sus descargas eléctricas sobre un área restringida.

—¿Qué? —fue la respuesta maliciosa de Gluck—. ¡Venderles un nuevo medio para dominar y maltratar a la humanidad que sufre!

Emile Gluck fue ejecutado cuando tenía cuarenta y seis años.

Fue un genio de los más infortunados del Mundo, dotado de una inteligencia maravillosa, pero cuyas potentes aptitudes, en lugar de caminar hacia el bien habían sido desviadas y falseadas hasta el punto de hacer de él el más diabólico de los criminales.

FIN

Libros Mablaz

Narrativa — Relatos

/www.librosmablaz.com/